惹かれ合うんだよ
まるで魔法のように
JN230523
告白予行練習
ノンファンタジー
原案／HoneyWorks
著／香坂茉里
監修／バーチャルジャニーズプロジェクト
イラスト／ヤマコ

悪戯をする恋の神様

痛いっ！

君を傷つけ泣かせたのなら

無様ね

ふふっ

僕ら恋する
何十年何百年でも

出会う前から
うわぁ、綺麗な花束！
探していたよ君を

引き裂かれたって
愛で繋がってる

初恋ずっと
今度は、ステキな教会！
え、なに…？

好きだよ
好きだよ！
何十年何百年でも

うわぁ!

そして重なり合うんだ

告白予行練習

ノンファンタジー

原案／HoneyWorks
著／香坂茉里
監修／バーチャルジャニーズプロジェクト

21937

角川ビーンズ文庫

もくじ

CONTENTS

本文イラスト／島陰涙亜

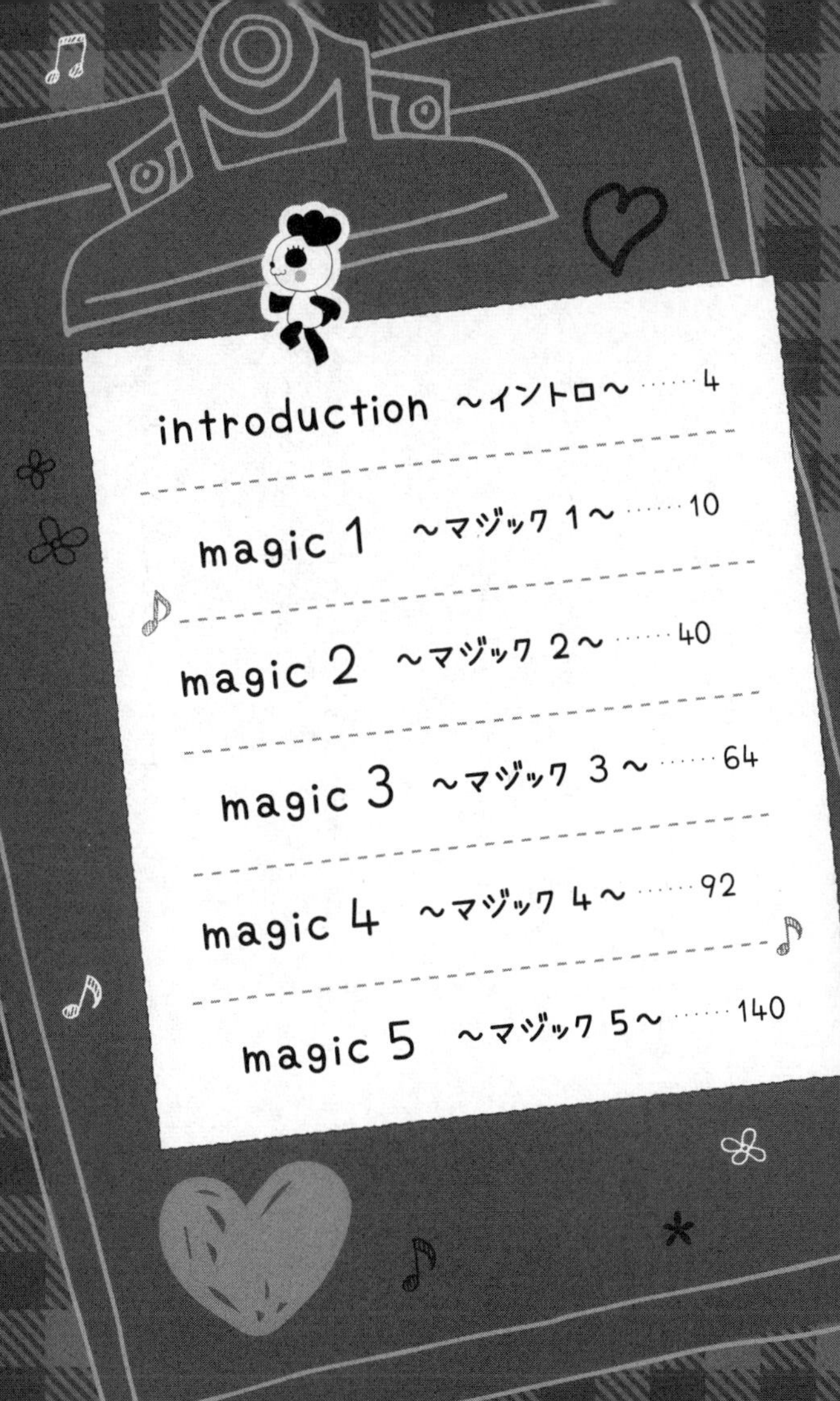

♪ introduction ～イントロ～ ♫

青空に鳴り響いているのは、鐘の音。

純白のドレスを着て、長いレースのベールの裾を引きながら、チャペルにむかって一歩ずつ、一歩ずつ歩いていく。

ブーケを持つ手が、緊張のせいで少しだけふるえていた。


（ああ、そうだ。大好きな人と、結ばれるんだ……）


ぼんやりとそんなことを思いながら、アーチ形をした扉の前で足を止めた。

このむこうで待っている人のもとへ——。

ゆっくりと、扉を押し開く。

祭壇まで真っ直ぐ敷かれているのは、赤い絨毯だ。
左右にならんだ木のベンチには、花が飾られていた。
背をむけてたたずんでいるのは、白いタキシード姿の男子二人。
二人は扉の開く音で振り返り、優しい笑顔で出迎えてくれる。
トクトクと鳴る心臓の音に、背中を押されるようにして進みでた。

『出会う前からさがしていたよ』
にっこりとほほえむと彼は、ひよりの手をとる。
『――君を』
そう言って、反対の手をとったのは、もう一人の男子。
うつむきがちに待っていると、ベールがめくられた。
ゆっくりと顔をあげたひよりは、思わずパチッと瞬きする。

（あれ……⁉　染谷君⁉　柴崎君⁉）

夢心地だったひよりは、急に我に返って二人を見た。

そんなひよりの手をとったまま、二人はそっとまぶたを閉じる。

（あれ、待って……ちょっと、待って――！）

あわてふためいているひよりにかまわず、ゆっくりと唇をよせてきて――。

「うきゃあああああああ――っ‼‼」

♪ ♥ ♫ ♥ ♪

自分の叫んだ声で飛び起きたひよりは、バクバクしている心臓の音を聞きながら、しばらく放心していた。

「あ、あれ……？」

キョロキョロとまわりを見れば、そこは春から暮らしているワンルームのアパートだ。

棚の上の時計を見ると、夜の八時すぎ。

座卓においたお気に入りのカップのなかには、飲みかけの紅茶が半分ほど残っている。

「ゆ……夢？」

ポカンとしながらつぶやくと、急に力が抜けてしまって座卓に突っ伏した。

「なんだ、夢かぁ……」

どうやら、いつの間にかうたた寝していたらしい。

時間にすれば、ほんの十分くらいだろう。

つけっぱなしのテレビから流れてくる曲に、少しだけ頭を起こす。

音楽番組で、ちょうど『LIP×LIP』のMVが紹介されているところだった。

うっとりさせるような笑顔で、ウェディングドレス姿の女の子の手をとっているのは、勇次郎と愛蔵だ。

中学の時にデビューしてから、人気急上昇しているアイドルユニット、『LIP×LIP』の二人。

ひよりはゴロンとラグマットに寝転がって、そばに転がっていたクッションを抱きよせる。

目を閉じると、浮かんでくるのは夢で見たシーンだ。
ジワジワと頰が熱を帯びてきて、思わず顔にクッションを押しつけた。
(もし、うちがヒロインみたいだったら……王子様みたいな誰かと恋に落ちる?)
そんなシチュエーションに憧れる気持ちは、ひよりにもある。
でも、その相手は——。
「絶対、あの二人じゃないよ! だって……っ」

誰もが憧れる、アイドル。
ほほえみかけてくれるのも。
優しく包んでくれる温かな手も。

『好きだよ——』

そう、囁いてくれる言葉も。
夢のなかの出来事。

それはすべて、『ファンタジー』だから――。

君は僕と恋に落ちてる

magic 1 ～マジック1～
あのね今夜
夢の中では
すず　み
涼海ひより
3月31日生まれ
おひつじ座　O型
高一　陸上部所属
陸上を続けるため
推薦で桜丘高校に入学
流行りものに疎い

♪ magic 1 ～マジック1～ ♫

四月の初め。涼海ひよりは軽快に自転車を走らせながら、通りぞいの店に目をやる。
自転車で五分。スーパー、コンビニ、CDショップに本屋さん。
電車で二駅隣に行けば、映画館にショッピングモール。

ここが、ひよりがこれから三年間、住むことになる街だ。
綺麗に舗装された道路に、テラス席のあるおしゃれなカフェ。
表の看板に飾られているのは、クリームがたっぷりのったパンケーキの写真だった。
他にもスイーツショップに、ファーストフード店など店がならんでいる。

（これが……東京か～～～!!）
ひよりはペダルをこぎながら、思わずほわーんと笑顔になった。

(地元じゃ、五分走っても、景色かわらんもんな〜田んぼばっか……)

コンビニも、駅のそばに一軒あるだけ。

書店にいこうと思えば、電車で三十分以上かけて街まででなければならない。

その街ですら、映画館やショッピングモールなんてものはなく、小さな商店街があるくらい。

東京にでてきてみれば、街の大きさと人の多さと、見える景色の違いに驚かされる。

「あっ、ここにもカフェ！」

ひよりは目にとまった店の前で、自転車を停めた。

(学校帰りに友達とクレープとかジェラートとか……食べ歩いたりするんかな〜〜)

再びペダルをこぎながら、つい浮かれて鼻歌がもれる。

その時だった——。


「ちょっと、聞いてるの⁉」

急に飛んできた大きな声にびっくりして、「はいぃ⁉」と反射的に返事する。

キュッとブレーキを引くと、そこは警察署のすぐ前だ。


(……って、あ……なんだ……)

てっきり自分が言われたのかと思ったけれど、どうやら違っていたらしい。

警察署からでてきたのは腰に手をやっているスーツ姿の女性と、不機嫌な顔でそっぽをむいている男子だった。

「まったくもう……これからが大事な時期だっていうのに……本当にわかってるの？」

クドクドとお説教する女性の言葉を、その男子は無言のまま聞き流している。

他人事なのについ気になって、自転車を停めたまま様子を見守っていた。

（あの人何したん……同い年くらい……だよね？）

男子にしては華奢な体格だろう。それにしても、やけに人目をひく綺麗な顔立ちだ。

（都会の男子って、全然違うんだなぁ）

少なくとも、ひよりが通っていた中学にはいなかったタイプだ。

彼のような男子がいたら、きっと学校中の女子たちが大騒ぎしていただろう。

「自分の立場、ちゃんとわきまえなさい！」

怒られているにもかかわらず、その男子は肩に手をやって無視している。

うるさいなと思っているのが、顔にも態度にもでていた。

（うわー全然反省してなさそー……）

財布をなくして警察に、という雰囲気には見えない。

迷子になって保護された、というようなわけでもないだろう。

（ケンカでもしたんかな？）


ひよりはペダルにカチャッと足をかける。

（やっぱり……東京ってちょっと怖いかも……）

ひよりが地元の高校ではなく桜丘高校への進学を決めたのは、陸上をするためだ。

子供のころから走るのが大好きで、それがひよりにとって唯一、人に誇れる特技だった。

中学で陸上を始めてからは、すっかりのめりこんで、大会でもそこそこの成績を残せた。

けれど、地元の高校には陸上部がない。

指導できる先生がいないから、という理由だった。

悩んでいた時に担任の先生が連れてきてくれたのが、桜丘高校陸上部の顧問をやっていた先生だ。

担任の先生とは、同じ大学の先輩と後輩という間柄だったらしく、ひよりの話をしたら興味を持ち、何度か大会も見にきてくれていたらしい。

『ちょっと遠いけど……うちで続けてみない？』

桜丘高校の先生にそう言われた時、ひよりは驚いてすぐに返事ができなかった。

ちょっとどころではなく遠い――。

いきなり県外で、しかも一人暮らししながら高校に通うなんて、とても無理なことのように思えた。先生に言われるまでは、想像すらしていなかった選択肢だ。

『いってきなよ。ひよりは陸上やってる時がいっちばん、キラキラしてるもん。こーんな田舎にはもったいない！』

そう言って、ポンッと背中を押してくれたのは、親友の白川里江だ。

彼女の言葉で、グラグラと揺れていたひよりの心は決まった。

あとは、家族を説得するだけ――。

その日のうちに、ひよりは両親に桜丘高校にはいりたいと打ち明けた。

大騒ぎになったのは言うまでもない。両親は反対していたけれど、『いってこい！』という祖父の力強い一言で最後には話が決まった。

スポーツ特待推薦を受けられることになり、桜丘高校へはいることが決まったのは十二月も半ばのことだ。

中学の卒業式が終わり、叔父の知り合いの不動産屋さんに紹介してもらったアパートに入居することが決まって、四月になると同時にひよりはたった一人、この街にやってきた。

ワンルームのアパートは三階建ての小さな建物だが、オートロックもついている。

外観は多少古いが、室内は改装したばかりで綺麗だ。

部屋のなかには、片付けていない衣類や本、漫画のはいった段ボール箱が積まれている。ベッドもまだないから、布団はたたんで床においてある。

新生活を始めるためには、まだまだ色々なものが必要になる。そのうち、棚も買いたい。いまは、必要最低限のものだけだ。

ひよりは床にペタンと座り、明日の入学式に持っていくものをチェックする。

(忘れ物は……ないよね……あとは……)

ふと、段ボール箱のそばにおいていたアルバムに目をやった。

そのうえに一枚だしてあるのは、後で写真立てに飾ろうと思っていた写真だ。

最後の大会に出場した時、陸上部のみんなと撮った写真。

この写真には、ひよりの中学時代の全部がつまっていた。

その横には、真新しいランニングシューズがそろえておいてある。


(憧れの東京……)

写真を手にとって見つめていると、少し前のことなのに懐かしさがこみ上げてきた。

「うち、頑張るけんね」

そうつぶやいて、写真をアルバムの上にもどす。

「よーし!! 明日に備えて、はよ食べて、はよ寝るぞー!!」

ひよりはグッと伸びをしてから、立ち上がった。

翌朝、ひよりはこれから通うことになる通学路の坂を、テンポよく駆けおりていく。

途中、ゆっくりと歩いている男子を追い抜くと、見えてきたのは学校の正門だ。

門の脇には、『入学式』と大きく書かれた看板が設置されていた。

続々と登校してくるのは、ひよりと同じ新入生たちだろう。

校舎のそばに植えられている桜は満開を迎えていて、花びらがフワッと風に舞っていた。

「わぁー、キレー」

ひよりは思わず目を奪われ、薄ピンク色に染まったその木を見上げて声をもらす。

(涼海ひより、今日から桜丘高校一年生)

深呼吸をして、春の心地よい風を頰に受けながらニコーッと笑みを浮かべた。

(新しい学園生活への第一歩を、今っ、踏み出します!)

胸を弾ませながらトンッと前にでると、その先の校舎にむかって元気よく駆けだした。

校舎にはいったまではよかったのに——。

ひよりは一年の教室がわからず、廊下をウロウロする。

(で……ここどこ——!?)

ワイワイと楽しそうに話をしながら歩いているのは、上級生ばかりだ。

桜丘高校は生徒数が多く、教室の数もひよりが通っていた中学とは比べものにならない。

地元の中学はたった二クラスしかなかったうえに、校舎は二階建てで迷うこともなかった。

(一年の廊下じゃないよね? 階段と渡り廊下があっちこっちにあって、わからんわ……)

いつまでも上級生の教室の前をうろついているわけにはいかないのに、右も左もわからない。

それに、朝のHRの時間が迫っている。

入学早々、遅刻するわけにはいかないだろう。

(こうなったら、誰か先輩に!)

ひよりはキョロキョロとあたりを見まわしてから、「あ……あの～」と声をかける。

「え？」

ふりむいたのは、ひよりとそう身長のかわらない小柄な先輩だった。

「すみません。一年の教室ってどこですか？」

「あぁ、一年の教室はー……この奥の階段をおりて、左の廊下を渡ったところだよ」

親切に教えてくれる先輩の言葉を、「ふむふむ」と真剣な顔で聞く。

「あっありがとうございます！」

ペコンと頭をさげると、ひよりはクルッと反対をむいて歩きだした。

「階段をおりて左……階段をおりて左……」

忘れないように繰り返しながら、小走りに階段をおりていく。

（親切な先輩だったなぁ）

名前くらいきいておけばよかった。

（また、どっかで会えるかな）

その時は、忘れずに名前をきこうと決めて、ひよりは廊下を急ぎ足で通り抜けた。

（教室に着いてしまった）

さっきの先輩が教えてくれた通りだった。

教室のドアの前で、ひよりは『一年四組』と書かれたプレートを見上げる。

緊張した手で鞄の持ち手をギュッとにぎりしめてまわりをみれば、生徒たちが楽しそうに雑談していた。

同じ制服のはずなのに、スカート丈やネクタイのしめかたが違うから、他の子たちのほうがずっとかわいく見える。

（やっぱり都会の高校は違うなぁ）

自分一人だけひどく野暮ったく見える気がして、急に落ち着かなくなってきた。

「わっ！　一緒のクラスだったのー!?」

「やったぁ、よろしくー！」

そばを通った女子たちの話し声が聞こえてきて、ドキッとする。

（そうだった〜〜っ！　みんな同じ中学の人とかいるんだ）

この学校のどこを見まわしても、ひよりの知り合いはいない。

（大丈夫、友達ならすぐできるよ！）

こんなことくらいで、気後れしているわけにはいかない。


（最初が肝心。つまずかんようにせんと！）

「よしっ」

ひよりは顔をあげ、ドアの陰からそーっとなかをのぞいてみた。

「えっ、ちょっと、あれ見て」

「うそー!?」

「勇次郎君と同じクラス!?」

教室のなかが、なんだか妙にざわついている。

（なんだろう……？）

女子たちが見ているのは、教室の真ん中の席に座っている男子だ。

思わず、「あっ!!」と声がでる。

それが聞こえたのか、勇次郎がひよりのほうに視線をむけた。

(やっぱり〜〜〜!!)

「君！　昨日警察署から出てっ……」

つい大きな声で言いかけたが、後ろからバッと手で口をふさがれる。

「ふぐぅっ……!!」

びっくりしたものの、後ろに立った相手の顔はよく見えない。

「……?」

「おはよう〜！　俺、愛蔵って言います！　一年間、よろしくね〜」

ひよりの口をふさいだまま明るい声で挨拶したのは、男子だった。

その途端、教室内がいっそう騒がしくなった。

「え!?　うそ……愛蔵??」

「やだ、超かっこいい!!」

「キャ――――っ!!」

そんな声が、あちこちからあがる。

（あ……あい……ぞー…………⁇）

だんだん顔が赤くなってきて、パタパタと手をふった。

肺活量には自信があるとはいえ限界だ。

（苦しっ……）

クラクラしてきた時、パッと手がはなれ、ようやく解放される。

「プハーッ！」

ひよりは胸にたまっていた息を、思いっきりはきだした。

「あっ……の……？」

困惑気味に声をかけようとしたひよりを無視して、愛蔵はスタスタと教室にはいっていく。

あっけにとられたまま、ひよりはその後ろ姿を目で追った。

いきなり口をふさがれるし、そうかと思えば無視されるし、わけがわからない。

チャイムの音が鳴り始め、教室にいた他のクラスの生徒たちがあわただしく自分の教室へともどっていく。

（えっと……うちも席つかなきゃ）

「うちの、席は……」

教室にはいると、黒板に書かれた座席の場所をたしかめた。

ひよりの席は教室の真ん中あたりだ。

（あれ、この席って……）

振り返ってたしかめると、やはり勇次郎が座っている席の前だ。

そばまでいったが、愛蔵が立ちふさがっているため通れない。

ひよりは「ん？」と、彼の後ろからのぞいてみた。


愛蔵はジッと勇次郎を見下ろしていて動こうとしない。

（えーっと、うちの席、そこなんだけど……通してくれません……？）

そうは言いだせなくて、ひよりは彼の斜め後ろで困ったように立っていた。

（……どうしたんかな？）

「足引っ張ってんじゃねーよ、クソが……」

愛蔵がボソッとした声で言うと、勇次郎はムッとしたように、「お前にだけは言われたくないね」と小声で言い返していた。

（!?　ケンカ？）

ひよりは少し怯えながら、二人を見る。

近くにいたひより以外には、その会話は聞こえていなかっただろう。

二人が一瞬、にらみ合っていたことにもみんなは気づいていない。

（えっと……これは……うちのせい？）

もしかして、さっきのことは、言ってはいけないことだったのだろうか。

（うちなんか余計なことしたんかな……さっきから、周りめっちゃざわついてるし）

ひよりはオロオロしながら、女子たちの様子を見る。

目立つイケメンだけれど、みんなの騒ぎかたが普通ではない気がした。

（この人、昨日警察署から出てきた人よね？）

不意に愛蔵がクルッと振り返り、ひよりを無視したまま自分の席につく。

しかもその席は、ひよりの前の席だ。

気まずいが、決められた席を勝手に移動するわけにもいかない。

ひよりは自分の席につくと、鞄を抱えたまま小さくなる。

（前の席の人は今初めて会ったし、まだまともに顔も見れてないし）


ひよりはチラッと後ろの席に視線をむけた。

昨日はひどく不機嫌そうな顔をしていたけれど、見間違いとか、人違いではないはずだ。

なにをしたのかわからないが、偶然にもこうして同じクラスだったのだ。

挨拶くらいはしておこうと思い、ひよりは恐る恐る後ろをむいた。

何事も、最初が肝心だ。


「あの……さっきはごめ……」

「おはよう！　僕は染谷勇次郎。これから一年、よろしくね！」

「えっ⁉　あっはいっ‼」

てっきり不機嫌な顔をされると思ったのに、思いがけず笑顔で挨拶されたので、ひよりはあわてて返事する。

「よろしく……お願いし……ます？」

（あ……れ？　いい人……？）

「君、どこの中学だったの？」

「あっうち、引っ越してきたけん、この辺りの中学じゃないんよ」

つい、相手の気さくな口調につられて、地元の言葉づかいがでてしまう。

それが少し恥ずかしかったが、勇次郎は気にしていないようだった。

「そうなんだ～どこ出身？　こっちには慣れた？」

「まだ、全然……電車の乗りかたとかわからんから、よく間違えたりするし」

「誰だってそうだよ。大きな駅は僕だってたまに迷うし。そのうち慣れるんじゃない？」

「そっか……うん、そうだといいなぁ」

(最初は怖い人かと思ったけど……なんて爽やかな笑顔なん！　これが都会のイケメンってやつ!?)

顔立ちが綺麗なだけではなく、話しかたもソフトだ。

(都会の男子って、なんでこんなに違うんかなぁ。しかも、思っとったより優しそう……話しやすいし)

朝のＨＲの時間を知らせるチャイムが鳴り、白衣を着た先生がはいってくる。

「はいはい、席につきましょー」

生徒たちが全員席につくと、ようやく教室内が静かになった。

「今日から、このクラスの担任になった、明智咲です。担当は古典だから、よろしくー」

少々のんびりした声で自己紹介しながら、先生は背をむけて黒板に自分の名前を書いていく。

(なんで古典の先生なのに、白衣着てるんかな……)

都会の学校は、よくわからないことだらけだ。


♪♥♫♥♪


入学式の後、HRが一時間ほどあり、初日はそれで終わりだった。明日は身体測定だ。

ひよりは下足場で靴をはきかえ、ゲタ箱の扉をパタンと閉じる。

(後ろの席は優しそうなイケメンだし……お友達もできそうだし……)

『方言可愛いね！　羨ましい～』

『ねぇねぇ、もっと喋ってみて！』

『へー、引っ越してきたんだー』

入学式の後、クラスの女子たちが集まってきて話しかけてくれた。

自己紹介の時、地方からきたことを話したのでめずらしがって興味を持ってくれたようだ。

最初は少し緊張したが、クラスの女子たちはいい人そうだし、好印象を持ってもらえたのだから、最初の一歩としては上出来だろう。

(良い学園生活になりそー!!)

ひよりはつい浮かれて、スキップしそうになる。

その足がピタッと止まったのは、よく目立つ髪色の男子を見つけたからだ。

(あっ……)

柴崎愛蔵、そう自己紹介の時に言っていた男子だ。

(やっぱり……謝っておこう!)

顔をあげ、「あのっ!」と思いきって声をかけてみる。

「んっ?」

ふりむいた彼に、ひよりはパタパタと駆けよった。

「今朝はごめんなさい!　うちなんか余計なこと言ったかな」

「……」

「染谷君とは知り合いだった？　うちのせいでケンカになっちゃったんなら……」

少しだけ気まずくて視線をそらす。

最後まで言い終わらないうちに、愛蔵がわずらわしそうに口を開いた。

「お前、俺たちのこと知らないの？」

「え？　何のこと……」

愛蔵はひよりに背をむけると、「はぁ～」と苛立ったようにため息をつく。

「あ……あの……えーと………？」

（知ってないといけん人たち……だったんかな？）

とまどっていると、愛蔵がクルッとひよりのほうをむいた。

「お前も俺の足引っ張ってんじゃねーよ。芋女が！」

眉根を思いっきりよせながらギロッとにらまれ、ひよりは衝撃のあまりに言葉を失う。

（い……い……芋女～～～⁉⁉⁉）

芋女なんて呼ばれたのは、生まれて初めてのことだ。

そんなふうに、面とむかって言ってくる人も初めてだ。

「これだから、女は嫌いなんだよ」

愛蔵は吐き捨てるように言って、これ以上関わりたくないとばかりに前をむく。

「ちょっと待っ……」

ひよりは我に返って、あわてて声をかけた。

「ついてくんな」

つき放すように言うと、愛蔵はさっさと立ち去る。

ひよりはその場に突っ立ったまま、ポカーンとしていた。

「あっ、勇次郎君！！！」

「キャーッ！」

女子たちの騒ぐ声に気づいて振り返ると、勇次郎が玄関からでてきたところだった。

「あっ」

声をかけようとしたひよりのそばで、彼がピタッと足を止める。

「染……っ」

「昨日のこと、人にバラしたらどうなるか、わかってんだろーな」

キッとにらまれて、途中までつくった笑みがカチーンと凍りついた。

勇次郎はもう用はないとばかりにふいっと顔をそむけると、正門のほうへと歩いていく。

「な……」

ひよりの手から鞄が滑り落ち、足もとでパタンと倒れた。


「なんでぇぇぇ――――!?」

ひよりは鞄を抱きしめ、ヨロヨロしながら駅前のにぎやかな通りを歩いていた。

(染谷君まで……今朝はあんな爽やかな笑顔だったのに、なんで急に……)

(イケメンなのに……イケメンなのに……)

「わけわから――――んっ!」

ひよりは足を止めて、思わず声をもらす。

（うち、気づかんうちに何か悪いことしたんかな……）

他の女子を、あんなふうにこわい顔でにらんだりはしていなかった。

うっかり、口を滑らせかけたのが悪かったのだろうか。

「最初からつまずいたんかなぁ……」

ひよりはため息まじりにポツリともらす。

その時だった——。


『僕たちLIP×LIPの全国ツアーライブ』

聞き覚えのある声が、急に上からふってくる。

ひよりがゆっくり見上げると、交差点の先にある大型ビジョンにCMが映しだされていた。

（こ……これって………）


『「ジュリエッタ」ついに開催決定!!!』

信号待ちをしていた人たちが、そのCMを見ている。

他校の制服を着た女子たちが、「キャーッ!」と飛び跳ねてはしゃいでいた。

『全国で待つジュリエッタ……今すぐ君に会いに行くよ』

画面一杯に映しだされているのは、キラキラした笑顔の二人――。

間違いなく、今日クラスでいっしょになったあの二人だ。


（えぇぇぇぇぇぇぇ――――⁉）

画面に目が釘付けになったまま、ひよりはゴトッと足もとに鞄を落とした。


「LIP×LIPの二人だよー！」

「絶対ライブいくー！」

信号待ちをしている女子たちが、そう興奮したように話している。


「リプ……リプ……？」

（って、なんだろう……全国ツアーライブ⁇）

頭のなかがグルグルして、目がまわりそうだった。

昨日は警察署からでてきて、朝には爽やかスマイルをふりまき、帰りには街中の大きな『テレビ』に映っているのだ。

ひよりは力がぬけたように両膝(りょうひざ)と両手を地面についた。

「都会の男子って……わけわからーん！！！」

思わず声がでる。

そんなひよりを、大きく映しだされた二人が笑顔のまま見下ろしていた。

君は僕と愛を見つける

染谷勇次郎（そめやゆうじろう）

2月22日生まれ
うお座　B型
高一　帰宅部

ひよりと同じクラスで
人気アイドルユニット
LIP×LIPのメンバー
一見優しそうに見えるが、
冷たい一面も

magic 2 ～マジック2～

聞いて未来描く絵本で

柴崎愛蔵（しばさきあいぞう）

2月22日生まれ
うお座　A型
高一　帰宅部
ひよりと同じクラスで
人気アイドルユニット
LIP×LIPのメンバー
兄・健とは仲が悪い

♪ magic 2 〜マジック2〜 ♫

入学式翌日の夜、ひよりが風呂からあがってテレビをつけると、愛蔵と勇次郎がトーク番組に出演していた。

それを、ラグマットのうえにペタンと座って眺める。

『いま大人気の高校生アイドルユニット、LIP×LIPのお二人ですが、デビューしたきっかけは？』

二人の向かいに座った男性司会者がたずねる。

『オーディションで。俺たち、別々に受けてたんですけど……なんでか、いっしょにやることになって』

愛蔵が『な？』と、隣に座っている勇次郎に話をふる。

勇次郎は『そうだね』と、ニコッと笑みを浮かべた。

『本当は、僕だけデビューする予定だったんですけど〜〜』

からかいまじりに答える勇次郎に、愛蔵が『なんでだよ！』とすかさずツッコむ。

司会者の男性がそんな二人を見ながら、『ほんと、息ピッタリだね、君たち』と笑っていた。

（高校生アイドルユニットかぁ）


ネットで調べて初めて知った二人の人気ぶりには、ひよりも驚いた。

デビューしてすぐに人気急上昇し、今年は全国ツアーライブもやるという。

学校で騒がれるのも当然だろう。

アイドルなんて、今までテレビのなかでしか見たことはなかった。

まったく別の世界の、一生関わることもない人たち。自分たちと同じ学校に通っていて、同じクラスで勉強しているなんて、想像したこともなかった。


「本当にアイドルだったんだなぁ」

テレビのなかで楽しそうに笑っている二人を見て、ひよりはつぶやいた。

（あの二人と、今年一年はいっしょのクラスなんて……っ）

ズーンと気持ちが沈んできて、座卓に突っ伏す。


「できるだけ、関わらんようにしよう！」

席が近いといっても、無理に話をすることはない。

事情はよくわからないが、『あのこと』さえ黙っていれば大丈夫なはずだ。

二人は女子にかこまれていて大変そうだし、ひよりのことなど気にしないだろう。

平穏無事な学園生活を送りたかったら、余計なことには首をつっこまないこと。

そう、思っていたのに——。


翌日、午前中の授業が終わり、チャイムが鳴ると同時にひよりは教室を飛びだした。

今日から午後の授業があることをすっかり忘れて、弁当を持ってきていなかったのだ。

売店にたどり着いた時には、すでに上級生たちがパンの販売コーナーの前に群がっていた。

一年生の教室は売店から一番遠いため、どうやら乗り遅れてしまったらしい。

上級生たちが鬼気迫る形相で、パンの争奪戦を繰り広げている。

(ひえっ、こわい〜〜っ!! でも、うちもパン買わんと、お昼ご飯ないし!)

自動販売機のジュースだけで、午後からの授業を乗り切る自信はない。

「ファ、ファイト――――っ、涼海ひより!!」

小さな声で気合いをいれ、人だかりにむかって突進していく。

しかし、小柄なひよりは、あっという間に弾き飛ばされてしまった。

何度かチャレンジしてみたものの、パンのところまでたどり着けそうにない。

押し潰されそうになり、息も絶え絶えに転がりでると、そのままペタンと床に両手と両膝をつく。これでは、パンを買うのも命がけだ。


「お……おそるべし………都会の高校！」

ふらつきながら立ち上がると、制服がヨレヨレで髪もボサッとなっていた。

「せ……せめて、飲み物だけでも～～」

フラフラしながら、ひよりは自動販売機をさがしてその場を離れる。

(明日からはおにぎり、つくってこよう……)

「って……ここ、どこ⁉」

ひよりは裏庭にでたところで、オロオロしながらあたりを見まわした。

自動販売機が見つからなくて、新校舎と旧校舎をさまよったあげく、こんなところにでてしまった。

（また、迷子に〜〜！）

人にたずねようにも、あまり生徒たちが立ち入らない場所なのだろう。まわりは静かで、聞こえてくるのは風のそよぐ音だけだ。

「とにかく……引きかえそう……」

ひよりはクルッと身をひるがえして、校舎にもどろうとした。

「聞いてんのか⁉」

不意に声がして、ビクッとする。

「……るさいっ！」

（この声って……）

恐る恐る声が聞こえたほうを見れば、木の陰にいるのは愛蔵と勇次郎だった。

二人とも険悪な雰囲気で、にらみ合っている。


（また、ケンカ～～!?）

ひよりはどうしようとあせってあたりを見まわした。

先生を呼んでこようにも、今のひよりは迷子だ。職員室に無事たどり着けるとは限らない。


「なんで、黙ってたんだよ！」

愛蔵が勇次郎のブレザーの襟をつかみ、乱暴に木の幹に押しつける。

「愛蔵には関係ないから……」

勇次郎は低い声でそう言うと、眉間に皺をよせながらフイッと顔をそむける。

「ふざけんな!!」

怒鳴るような声をあげた愛蔵が、勇次郎にグイッと顔をよせた。

「今度、その台詞口にしたら、絶対許さねーっ！！！」


よくわからないけれど、警察署から勇次郎がでてきたことが原因だろうか。

入学式の日も、二人はそのことでにらみあっていたようだった。

（わ、わっ、わ…………っ‼）

ひよりはその場で足踏みしてから、思わず飛びだす。

「そのケンカ、待った――っ‼」

声をあげて駆けよっていくと、二人がギョッとしたように振り返った。

「わっ！」

足がなにかに引っかかって、ひよりはよろめくように数歩前にでる。

その瞬間、水道の蛇口にはめられていたホースの先が勢いよく外れて大きくはねた。

水をまき散らしながら、ホースは地面をバシンと叩いて大人しくなる。

残っていた水がこぼれだし、ゆっくりと地面に水たまりを広げた。

シンッと静まり返った裏庭で、三人はあ然としたように数秒顔を見合わせていた。

愛蔵と勇次郎の制服や髪からは、ボタボタと水滴が垂れている。

二人とも、頭から靴の先まで水びたしだ。

「あ……れ……うちの………せい？」

ひよりがとまどうようにきくと、愛蔵の顔が見る見るけわしくなる。

「……他に誰がいんだよ!!」

ギッとにらまれて、ひよりは「ひえっ」と、後ろにさがった。

「あ――っ、もうっ!!　おまえさー……ほんと、なんなんだよ!?」

濡れた前髪を片手でかきあげながら、愛蔵がうんざりしたような声をあげる。

「ご、ごめん………止めようと思って……」

「誰も頼んでねーだろ！」

怒鳴られて、ひよりは青くなった。

（やっぱりこわい――っ!!　イケメンなのに。アイドルなのに!!）

余計なことには首をつっこまないと、決意したばかりだったのに。

勇次郎が無言のまま立ち去ろうとしていることに気づいて、「あっ」と声をあげる。

「こ、これ……！」

濡れたのは自分のせいだ。ひよりは急いでポケットからハンカチをとりだした。

それを渡そうとすると、「いらない」と手をはねのけられる。

ハンカチが水たまりに落ちて、水がしみこんでいく。


勇次郎はひよりと目を合わせることなく、身をひるがえして歩きだした。

「おい、勇次郎‼　まだ、話終わってねーだろ！」

返事もせず、振り返りもしない勇次郎に、愛蔵が「無視かよ」と苛立ちを隠さないまま吐き捨てた。


「あ、あの、し……柴崎君？　ごめん……なさい………」

ひよりがおずおずと謝ると、愛蔵がひよりのほうに視線をもどす。

「おまえさ……もう、俺らに話しかけんな」

愛蔵は冷たい声でそう言うと、背をむける。

二人の姿が校舎のほうへと遠ざかるのを、ひよりはポツンとたたずんだまま見送っていた。

昼休みの終わり間近、教室にもどったひよりは、後ろの出入り口から恐る恐るなかをのぞいてみる。

愛蔵と勇次郎は自分の席につき、集まった女子たちと談笑(だんしょう)しているところだった。

二人とも、学校ジャージに着がえている。濡れたままのかっこうでは授業を受けられないからだろう。

「愛蔵君も、勇次郎君も、なんでジャージなのー？　次の授業、古典だよー？」

女子がきくと、二人はちらっと視線をかわしていた。

「勇次郎がふざけて、水ぶっかけてきたんだよ」

「最初にやったのは、愛蔵のほうでしょ？」

「おまえが眠(ねむ)そうだったから起こそうと思って」

軽く言い合う二人を見て、まわりの女子たちが笑う。

「二人とも、仲いいよね」

「いや、そんなことないって。いっつもケンカばっかだよな？」

「最初にしかけてくるのは、愛蔵のほうだけどね」

「えーっ、やっぱ、絶対仲いいーっ」

「ねーねー。普段、二人でどんな話してるの？」

女子にきかれ、勇次郎は「んー」と考えるようにあごに手をやる。それから、「ナイショ」とニッコリほほえんだ。


教室の後ろのドアに隠れて様子をうかがっていたひよりは、何事もなかったように楽しそうに話をしている二人に衝撃を覚えた。

（二人とも……あんなに爽やかな笑顔で、あんなに堂々と……ごまかしている！）

さっきまで――。


「もう、俺らに話しかけんな……とか言ってたのに」

ひよりはクルッと廊下のほうをむき、愛蔵の不機嫌な表情と口調をまねた。

「仲直り、したんかなぁ……」

勇次郎の胸ぐらをつかんでいた愛蔵は本気で怒っていた。

止めなければ、あの場で殴りかかりそうに見えた――。

「うーん……男子ってよーわからーん」

悩んでいると、頭をポンッと叩かれる。

ふりむくと、そこにいたのは出席簿を手にした明智先生だ。

「わっ、せ、先生！」

「涼海ー、もうチャイム鳴り終わってるぞー？」

まわりを見れば、廊下にいた生徒たちがバタバタと教室にもどるところだった。

「す、すみませんっ‼」

ひよりはペコンと頭をさげた。

「それじゃー、席つきましょーっ」

明智先生はそう言いながら、教室へとはいっていく。

ひよりはその後ろに隠れるようにして後に続いた。

「授業始まってるぞー。余所のクラスの子は早くもどんなさい」

明智先生の声で、愛蔵と勇次郎の席のまわりにいた女子たちがあわてて離れる。

ひよりは勇次郎の横を通る時、できるだけ目を合わせないように顔をそむけたままでいた。

コソコソしながら自分の席につくと、ようやく安堵して思いっきり息をはきだす。


（き…………気まずいよぉ〜〜〜）

入学したばかりだから、席がえもしばらくはないだろう。

この針のむしろのような席で、とうぶんは耐え忍ぶしかない。

（席がえの時は、どうか……どうか、この二人から一番遠い席になりますように‼）

手をにぎり合わせながら、教壇に立ち出欠を確認している明智先生を見つめる。

「あー……涼海？　祈るのは後にして、教科書だそうな？」

明智先生がそう言うと、他の生徒たちが笑いだす。

ひよりは急いで机の中から教科書を引っ張りだすと、赤くなった顔を隠すように広げた。

五月にはいると、急に気温があがった気がした。

仮入部期間を終えて陸上部の部員となったひよりは、放課後欠かさず練習にでていた。

朝や昼休みに、自主的に練習をおこなう日もある。

部活でも友人ができたし、先輩や顧問の先生も優しい。


一人暮らしにも慣れてきたし、近所のスーパーの特売日も覚えた。

クラスメイトともうまくやっている。

校舎のなかで迷子になることはたまにあるけれど、順調といっていいだろう。

ただし、若干、二名のことを除いては——だが。


ひよりは校舎を出ると、ローファーのつま先で地面をトントンと蹴る。

入学前に母が買ってきてくれたローファーだが、実は少しだけサイズが大きい。

「えーと、今日買うものは、パンと牛乳と」

ひよりは指折り数えながら、歩きだした。

「今日はお肉の特売日かぁ……」

(奮発して、焼き肉用のお肉…………すき焼きでもいいなぁ)

お肉のパックにはられた、キラキラした半額のシールを思いだすと、口もとがゆるんでくる。

放課後の校舎から聞こえてくるのは、吹奏楽部の演奏や、演劇部の発声練習の声だ。ひよりもいつもなら部活にでているところだが、今日は顧問の先生の都合で練習がない。このところ毎週のように土日も練習があったから、久しぶりの休みだった。

この貴重な休みを有意義に使いたい。

グラウンドではサッカー部が練習しており、元気なかけ声が聞こえてくる。ボールを追いかけて走る部員を眺めているのは、陸上部の先輩である瀬戸口雛だ。

入学式の日、校舎で迷っていた時に教室の場所を教えてくれたのも雛だ。陸上部の先輩だったと知ったのは、仮入部の時。初めて練習に参加した日のことだ。最初はうまく声をかけられなかったけれど、今ではいっしょに練習することも多い。練習熱心で、他の部員にも信頼されている雛は、ひよりの憧れで目標でもある。もう少しだけ、お近づきになりたいと密かに思っているのだが、なかなか機会に恵まれなかった。けれど、今日なら――。

ひよりは、「よしっ！」と足を踏みだす。

「瀬戸口先輩〜！」

声をかけながら駆けよっていくと、雛が振り返った。

途中でつまずきそうになったひよりは、「わっ！」と声をあげながら二歩ほど前にでる。

なんとか転ばなかったことにホッとしてから、恥ずかしさを笑ってごまかした。

雛はそんなひよりを見て、目を丸くしている。

「涼海さん、これから帰るところ？」

「はい！　瀬戸口先輩、誰か待ってるんですか？」

ひよりは雛が見つめていたグラウンドのほうに目をやった。

「ああっ、ううん!!　待ってないよ！」

雛はなぜかあわてふためいて、ひよりの視界をさえぎるようにパタパタと手をふる。

「あっ、そうだ。瀬戸口先輩！　あの……今日、特別に用事がないなら」

ひよりは緊張したように手をギュッとにぎりながら雛を見る。

「え？　用事？　べつにないけど……？」

「それなら、うちと……っ！！　ク……クレー……っ！！」

真剣な顔をして、言いかけた時だった。

グラウンドで練習をしていたサッカー部員が、「わっ！」とあせったような声をあげる。

「危ない!!」

そう声が聞こえて、ひよりと雛は「え？」と同時にふりむいた。

飛んでくるボールが目にはいった瞬間、雛にグイッと引っ張られる。

気づいた時には、彼女の腕にかばわれていた。

思わず二人ともギュッと目をつむって衝撃に備えたが、パンッという音がしただけで、痛くもなんともない。

ひよりはうっすらと片目だけを開いてみた。

「!!」

雛に当たったのかと思ってあせったが、雛も『あれ？』というように瞬きしている。

「ったく……へったくそ……」

そうつぶやいた相手を見て、ひよりは思わず目をみはる。

(柴崎君……)

愛蔵は落としたボールを軽く蹴り、グラウンドにいるサッカー部員へと返していた。

校舎から出てきた女子たちが、「愛蔵君だーっ！」と騒ぎだす。

その声がわずらわしかったのか、愛蔵は少しだけ不愉快そうに眉間にしわをよせていたが、すぐにもとの表情にもどると、ポケットに手をいれてさっさと歩き出した。


「あっ……あ、ありがとう。柴崎君!!」

ハッとしてあわてて声をかけたが、愛蔵は無視したままだ。

正門の脇では、女子たちにかこまれながら勇次郎が待っている。

「おい、帰るぞーっ」

愛蔵が声をかけると、勇次郎は「じゃあ、またね」と、女子たちに手をふっていた。

二人がいっしょに正門を出ていくのを、ひよりはぼんやりしたまま見つめる。

『おまえさ……もう、俺らに話しかけんな』

愛蔵にそう言われて以来、ひよりは二人と話していない。

それに、話しかける必要もあまりなかった。

もともと、他の女子たちのようにファンというわけでもなく、二人が『ＬＩＰ×ＬＩＰ』というアイドルユニットだと知ったのも、高校に入学してからだ。


ただ、同じクラスにいるのだから、やはり気になってしまうのは仕方ない。

クラスの友達といっしょにいれば、毎日のように二人のことが話題にのぼる。

地元の友人である里江も大ファンらしく、二人がひよりと同じ学校で、クラスも同じだと知ると興奮して、『色々教えて〜〜！』と言ってきた。

けれど、ひよりが知っているのは、二人がファンの子たちの前では見せない、優しくない顔だけだ――。


(でも、助けてくれたんだ……)


「……涼海さん、知り合い？」

「あっ……えーと……クラスが同じで……」

ぎこちなく笑みをつくって答えたひよりは、「あっ」と自分の用事を思い出す。

「そうだ。あの、瀬戸口先輩！　うちとクレープ……いっしょに食べにいってくれませんか!!」

（い……言ってしまった〜〜！）

無意識に手をにぎりしめたまま、ひよりは顔を赤くした。

学校帰りに、クレープやジェラートを食べにいく。

それはひよりの憧れだったのに、入学してからまだ一度も実現できていない。

「……へ？」

「この前、うちも、瀬戸口先輩も、クレープ、みんなと食べにいけんかったから……」

以前、部活の先輩がクレープ食べにいこうとみんなを誘ってくれたことがある。

けれど、その時はひよりも雛も用事があったためいけなかった。

だから、今度はいっしょにと思っていたのに、言いだすタイミングがなかなかつかめなくて——。

「もしかして、なにか言いたそうだったのって……そのことだったの？」

ひよりがコクコクとうなずくと、雛はふっと表情を和らげて笑いだす。

「いいよ！　おいしいお店あるから……よって帰ろ」

「はい！」

パッと笑顔になって、ひよりは明るい声で返事した。

magic 3 ～マジック３～
いいよここは
君専用だよ

側においで
触れちゃうくらい

♪ magic 3 ～マジック３～ ♫

日曜の午後、銀行からでてきたひよりは、とぼしい通帳の残高を見て思わずため息をついた。

新生活に必要なものを色々と買いそろえていたら、使いすぎてしまったらしい。

このぶんでは、月末の仕送りの日までには残高が底をつきそうだ。

パタンと通帳を閉じると、決心して顔をあげる。


「よしっ、アルバイトするぞーっ！」


学校に慣れることや、部活の練習でいそがしく、アルバイトは後まわしになってしまっていたが、そうも言っていられない。

クラスの友達も、何人かはアルバイトを始めたと話していた。

学校に申請書（しんせいしょ）を出す必要があるが、桜丘高校はアルバイト禁止ではない。

駐輪場（ちゅうりんじょう）から自転車をだして乗ると、ペダルをこぎだす。

（カフェの店員さんとかいいなぁ……ケーキショップもいいかも。制服とか、かわいいもんな

あ）

ケーキショップの店員が着ていたエプロンドレス風の制服を思い出して、ひよりは自転車を走らせながらヘラーッと口もとをゆるめた。

（帰りにちょっとよって、面接受けさせてもらえるかきいてみよう！）

求人雑誌や求人広告を手にアパートの部屋にもどったのは、夕方すぎだった。

靴を脱いで上がると、電気をパチンと点ける。

そのままフラフラとキッチンのある通路を通り抜けて奥の部屋へと移動した。

雑誌や広告の束を座卓におくと、へたりこむように座る。

「疲れた〜〜！」

そうぼやきながら、座卓に突っ伏した。

七軒ほどまわってみたが、どの店からもことわられてしまった。

ほとんどが『時間が合わないから』という理由だったが、最初から高校生を雇わないという店もあった。

「やっぱり、むずかしいんかなぁ……」

アルバイトをしているクラスの友達は、みんな部活をしていない子たちだ。

というよりも、アルバイトをしたいから、部活にはあえてはいらないのだろう。

部活にはいっていると、平日のシフトにはいることはむずかしい。

土日も、朝から夕方までは部活があるから、夕方以降の時間帯しか働けない。

「んん――――っ、でも、あきらめん！」

ひよりはガバッと起きて、雑誌を開いた。

座卓のペン立てから色ペンをとりだして、求人の一覧をはしからチェックしていく。

（うちにもできる仕事、絶対あるよ！）

♪ ♥ ♫ ♥ ♪

翌日の昼休み、チャイムが鳴ると同時に生徒たちが席を立って移動しはじめる。

愛蔵と勇次郎のまわりに女子たちが集まってくるのも、すっかり見慣れた光景となっていた。

二人目当ての女子たちにはさまれながら弁当を食べるのは気まずいため、ひよりはいつも昼休みになると席を移動する。

しかし、この日は友達の輪にも加わらず、一人で自分の席に座っていた。

愛蔵や勇次郎の席には女子たちが集まっておしゃべりしていたが、その声も耳にはいらない。

求人雑誌に、上から下まで目を通していく。

(フラメンコダンサー募集……フラメンコは踊れんし……あ、これなんかいいかも。午後六時から。でも……タンバリン経験者かぁ……)

幼稚園の時にタンバリンを叩いたことはあるけれど、経験者とは言えないだろう。

リズム感があるわけでもないから、これはむずかしそうだ。その下の欄に目をやる。

「映画のエキストラ！　経験不問！　台詞なし！」

ひよりは雑誌にグッと顔をよせた。無意識にひとり言が口からもれる。

「……池から飛び出してくる……カッパの……役……？」

ペットボトルの水を飲んでいた愛蔵と勇次郎が、なぜか二人同時にむせていた。

「もーっ、どうしたのー？」

そう笑われて、愛蔵は「いや、ちょっと……」とはぐらかすように答える。

「大丈夫(だいじょうぶ)!?　勇次郎君!?」

後ろの席では、女子たちが苦しそうに咳(せ)きこんでいる勇次郎を心配していた。

(都会には色んな仕事があるなぁ……)

おにぎりを三口で食べ終えると、ひよりは残ったラップを丸めてビニール袋(ぶくろ)に押しこむ。

ページをめくると、目にはいったのは、『イベント業務の手伝い』という募集だった。

読んでいるうちに、雑誌を持つひよりの手がフルフルとふるえる。

経験不問。時間要相談。五月から八月までの短期募集。

やる気があり、体力に自信がある方、募集――。

(じ、時給……千…………三百円!?)

「見つけた――っ!!!」

ひよりは思わず叫(さけ)んで、勢いよく立ち上がった。

土曜日の午後、面接会場となっている事務所にむかうと、数人の応募者が通路にならべられたパイプ椅子に腰かけて待っていた。

係の女性に案内されて、ひよりは緊張しながら一番はしの椅子にちょこんと腰をおろす。

隣に座っているのは、スーツ姿の女性だ。その横の男性もきちんとしたスーツを着ている。

私服できているのはひよりだけのようだった。


（電話で申し込んだ時、服装は自由って言われたのに〜〜っ！）

簡単な面接なのだと思って、ジーンズとパーカーできてしまったことが恥ずかしくなる。

ガチャッとドアが開いて、面接を終えた女性が出てきた。

その人も白いシャツに黒のスカート姿だった。ひより以外は、大学生か社会人だろう。

場違いなところにきてしまったような気がしてきて、余計に緊張し、手が汗ばんでくる。

（でも、このアルバイト落ちたら、もうないかも……）


「涼海さん？　涼海ひよりさん？」

二度名前を呼ばれてようやく自分のことだと気づき、「は、はいっ！」と大きな声で返事した。立ち上がった拍子に、かたむいた椅子がガタッと音を立てる。

ギクシャクした動きで部屋の前までいくと、ノックをしてから、「失礼します！」となかにはいる。

（き、緊張する〜〜！）

「どうぞ、座って」

そううながされて、ひよりは部屋の中央におかれた椅子にむかった。

腰をおろすとき、少しばかりよろめきそうになってあわてて姿勢を正す。

面接官は、案内してくれた女性と、男性の二人だ。

「そんなにカチカチにならなくても大丈夫だよ。楽にして」

男性が気さくな口調で言う。

眼鏡をかけた女性のほうは、席につくときびしそうな表情のまま書類に目を通していた。

「君、高校生？　一年かぁ。学校、どう？　楽しい？」

男性がペンを手に、チラッと書類に視線をやってたずねる。

「は、はいっ！」

「……桜丘高校なのね」

そう、面接官の女性がポツリとつぶやく。

「はいっ！」

「部活は……陸上部？」

面接書類の特技の欄を見ながら、女性がたずねた。

「はいっ！」

「そう……運動は得意なのね」

「はいっ!!」


「涼海さんだっけ。どうして、この仕事、応募しようと思ったの？」

男性がひよりを見ながらきく。

「それは……い……生きるためです!!」

とっさにそう答えたひよりは、赤くなって下をむいた。

(間違えた〜〜！　生活費のためって言おうと思ったのに!!)


「……と、いうと？」

「あっ、あの……一人暮らしなので……色々、必要で！」

ひよりはワタワタしながら答えた。

「一人暮らし？　それは……どうして？」

「部活、しようと思って！」

（うわーん、うち、ちゃんと答えられないよーっ！）

あせると、余計に言葉がでてこない。

質問をした男性も、よくわからなかったのか首をひねっていた。

「アルバイト経験はないのよね？　この仕事、結構大変だと思うけど大丈夫？　時間も遅くなるし」

女性が書類から視線をあげて、ひよりを見る。

「それは大丈夫です!!　体力には自信があるので。寝坊も、遅刻もしません！」

ひよりが勢いで答えると、男性が腕を組みながらおかしそうに笑った。

「元気があっていいね」

「はいっ、それだけが取り柄なので!!」

「仕事内容については、荷物運びや、簡単な雑用と、あとは……そうね。監視、業務？」

女性があごに手をやりながら言う。

荷物運びや、簡単な雑用のことは、求人広告にも記載されていたからわかるが——。

（なにを監視……するんかな？）

「監視して報告書を出してもらったりなんだけど……できそう？」

「は、はいっ、むずかしくなければ……」

ひよりの声が少しだけ小さくなる。


「最後に一つ……涼海さん、好きなアイドルとかいる？」

急な質問にとまどって、「えっ、アイドルですか⁉」と顔をあげてききかえした。

女性は「そう」、とうなずく。

一瞬、頭に浮かんだのはあの二人の顔だった。それを、あわてて打ち消す。


「わ…………‼」

「わ？」

「わかりません‼」

（だって、好きじゃないし!!）

面接を終えてアパートにもどると、ひよりはラグマットに座って座卓に突っ伏した。

「絶対、落ちた〜〜」

最初から最後まで、ちゃんと受け答えができなかった。

（急にアイドルのこととかきかれるし……なんでだったんかなぁ？）

ひよりはため息をつき、携帯をバッグからとりだした。

合否の連絡はのちほど電話で、と言われたけれど、またことわられるのかと思うと凹みそうになる。

「べつの仕事……さがそう……」

明日は日曜だ。十軒くらい店をまわれば、採用してもらえるところがあるかもしれない。

「落ちこんでたって、仕方ないもんな！」

気持ちをいれかえてひとり言をもらすと、紅茶でもいれようと立ち上がる。

座卓においた携帯が鳴りだしたのは、その時だった。

表示されているのは、先ほど面接を受けた事務所の電話番号だ。

「えっ、も、もう⁉」

あせりながら携帯をとると、一呼吸おいてから通話ボタンを押す。

「は、はい、涼海です！」

『先ほどの面接の件ですが……選考の結果、採用することになりましたので……』

「……そうですか……って、えええええっ、うちを採用ですか⁉」

ひよりはびっくりして、思わず携帯を耳に押しつけながら大きな声をあげた。

♪　♥　♫　♥　♪

翌週、『仕事や契約の内容についてくわしく話をしたいから』と言われて、ひよりはもう一度、面接を受けた事務所を訪れた。

面接を受けたのはせまい会議室だったが、この日通されたのは広い応接室だ。

ここが『メビウス事務所』という、音楽関係の芸能事務所だと知ったのはついさっきだ。

壁にはこの事務所に所属しているミュージシャンや、アイドルのポスターが、隙間がないほどはられている。

そのなかでも一番目立つ場所に、ドーンとはられているポスターを見て、ひよりは抱えていたバッグをドスッと足もとに落とした。


『LIP×LIP　全国ツアーライブ　開催!!』


交差点の大型ビジョンで流れていたCMと同じポスターだ。

キラキラした笑顔で写っているのは、ひよりのクラスメイトである、あの二人だった。

(な、なんで〜〜〜!?)

ポスターを凝視したまま硬直する。その手がプルプルと小刻みにふるえた。

「なんで、こいつがいるんだよ……」

自分が写っているポスターを背に、黒い革張りのソファーにあしを組んで座っているのは愛蔵だ。これ以上ないくらいに機嫌の悪い顔になっている。

同じように、隣であしを組んでいた勇次郎が、「さあ？」と首をかしげた。

「私はこの二人のマネージャーね。はい、これ名刺。緊急連絡先も裏に書いておいたから」

動揺しているひよりの手に、スーツ姿の女性が、『内田茉優』と名前のはいった名刺を押しつける。面接をしてくれたのもこの女性だ。

（な、なんでこの二人が〜〜〜⁉）

「マ、マネー……ジャー………さん⁇」

ひよりは状況が全く理解できないまま、ききかえした。

（うちが応募したのって、イベント業務の手伝い……だよね？）

面接の時に聞いた仕事内容は、荷物運びや、簡単な雑用だったはずだ。

あと、謎の監視業務があっただろうか。

「そういうわけで、今日からしばらくマネージャー見習いとして、あんたたち二人のサポートをしてもらうから。このひよこに！」

内田マネージャーはグイッとひよりの肩を抱きよせ、愛蔵と勇次郎に言う。

「ひよりです……」

小声で言ってから、ひよりは「え⁉」と、仰天して内田マネージャーの顔を見た。

「マネージャー見習いぃぃぃぃ〜〜〜⁉」


「…………は？」

と、勇次郎が眉根をよせる。『なに言ってんの？』と、いうような顔だった。

「はぁあああああ――――っ⁉」

続いて、愛蔵が大きな声をあげながらソファーから立ち上がる。

「聞いてねえよ、そんな話！」

「夏のライブにむけていそがしくなるから、短期で人を増やすって言ったでしょー？」

「だからって、なんで、それが……こいつなんだよ！」

愛蔵が人差し指をひよりにつきつける。

「同じ学校なんだから、ちょうどいいじゃないの」

「よくねーよ、やりにくいだけだろ！　だいったい……こいつは……っ！」

（ひ、ひいい――っ、こ、こわい‼）

ギッとにらまれて、ひよりはあわてて顔をそむけた。

「とにかく、こいつだけはダメ。却下。不採用！　あちらのドアからお帰りくださーい！」

愛蔵はひよりにむかって言うと、ドアのほうを指さした。

「えーと……それじゃあ……失礼しました〜〜」

ひよりはクルッと身をひるがえし、そのままギクシャクした動きで帰ろうとした。

ひよりとしてもこの二人のマネージャー見習いなんて、できるとは思えない。

面とむかって、『話しかけんな』と言われているのだ。

それに、どうやらこの二人とは相性が悪いらしい。近よらないのが身のためだ。

「雇うのはあんたたちじゃないでしょー？」

グイッと引きもどされて、ひよりはオロオロしながら愛蔵と内田マネージャーの顔を見る。

愛蔵はますますけわしい顔になっていた。

「俺らのマネージャー見習いだろ!?　だったら、選考の権利くらいあるんじゃねーの!?　っていうか、絶対、こいつとうまくやっていけるはずないし」

「わかんないでしょー？　それに、誰とでもうまくやるのが大人の対応ってもんじゃないの」

「知るかよっ！　俺は絶対イヤだ！　だいたい、女子はきらいなんだって言ってるのに」

愛蔵はうんざりしたように吐き捨てる。

「う、うちだって……柴崎みたいな男子は……苦手だし……」

ひよりは視線をそらしたまま、小声で言い返した。

「はぁ⁉」

威嚇するように言われて、「ひえっ」と首をすくめる。

（いちいち、にらまんでも〜〜）

「だいたい、なんだって、こいつなんだよ⁉　他にもいるだろ！」

「あんたたち目的で応募してきたんじゃないからよ。それに根性もありそうだし。なにより、私が気にいったの！」

内田マネージャーは『文句ある⁉』とばかりに、腰に手をあてている。

愛蔵はわずかにひるんだ表情をみせてから、バッと振り返った。

「おまえも、なんか言えよ！」

そう言われて、ソファーに座ったままの勇次郎が億劫そうに立ち上がる。

「べつにどうでもいいけど……」

「こいつと四六時中、顔突き合わせてなきゃいけなくなるのにかよ!?」

愛蔵が苛立たしげに言うと、勇次郎はビクビクしているひよりのほうに視線をむけた。

「……っていうか、ちゃんとやれんの？　足引っ張るだけなら、雇うだけムダだと思うけど」

「ムリだろ。だって、なんもわかんないだろ。こいつ、俺らのこと知らなかったくらいだし」


（そ、それはそうかもしれんけど…………）

二人の容赦のない言葉が、グサグサと胸に突き刺さる。


「そもそも、やる気あるの？」

「なんもできないやつなら、いないほうがマシだよな」

「嫌々やって、できるような仕事じゃないでしょ」

「まあ、はっきり言って……邪魔？」

二人して言いたい放題だ。

「あんたたち、こういう時だけ意気投合するのね……」

内田マネージャーも、さすがにあきれている。
うつむいてプルプルとふるえていたひよりは、我慢できなくなってグッと顔をあげた。
「う、うちは、やる気ある‼」
(な、なに言っとるの〜〜〜‼)
自分の口から飛び出した言葉に、内心あせってワタワタした。
けれど、その言葉を引っこめようとは思わなかった。
なけなしの意地と勇気をふりしぼって、手をかたくにぎりしめる。
愛蔵と勇次郎は、一瞬だけ無言になっていた。
二人とも、言い返されるとは思っていなかったのだろう。あ然としているようだった。
二人の言っていることは手厳しいけれど、冷たいけれど——全部正しい。
遊びでやっているわけじゃない。そう言われているのはわかっている。
しかし、それはひよりも同じだ。
(うちだって、い、生きるためだし！)

「……は？　なに？　マジでやるつもり？　俺らにこれだけ言われて、わかんねーの？」

愛蔵が眉間にしわをよせながら、イラついた口調できく。

「わからんよ！　二人のことも全然知らんし、二人がなに考えとるかもわからん！」

警察署からでてくるし、こわい顔で『芋女』とか言ってくるし。

そうかと思えば、アイドルをやっていて、女子たちには王子様みたいな笑顔をキラキラふりまいている。

どうして、他の女子には優しくて親切なのに、ひよりにだけはいつも怒っているのかもわからない。

わかっているのは、この二人にどうやら『きらわれているらしい』、ということだけだ。

「それなのに、俺らのマネージャーとかできんのかよ？」

つめよってくる愛蔵にひるんで、ひよりの足が後ろにさがりそうになる。

けれど、それを堪えるようにグッとかかとに力をこめて踏みとどまった。

ここでやめたら、逃げたら、この二人はきっと――。

『ほら、やっぱり』

そう言って、バカにするに決まっている。

「やる……うちは、やる！」

ひよりはキッと見返して、強く言いはった。

「簡単に言ってんじゃねーよ！　おまえには絶対ムリ！」

「そんなの、やってみんとわからんよ！」

愛蔵につられて、ひよりも声を大きくする。

「芋女はカッパの役、やってろ！」

「な、な、なんでそれを柴崎君が知っとるの⁉　まさかエスパー⁉」

「後ろの席でブツブツ言ってたら、聞こえるにきまってんだろ！」

ひよりと愛蔵は一歩も引かないとばかりににらみ合う。

勇次郎は、『面倒くさ』と言いたげな顔で肩に手をやっていた。

「愛蔵ともう打ちとけているなんて……やっぱり、私が見込んだだけのことはあるわ。マネージャー見習いとして逸材！」

内田マネージャーが眼鏡を指でクイッと押しあげる。そのレンズが、キランと光った。

「全然打ちとけてねーよ。なに言ってんだ……」

愛蔵の声がいっそう低くなる。真顔になったうえに、目が据わっていた。


「……いいんじゃないの？」

そう声がして、ひよりと愛蔵は「えっ!?」と、勇次郎のほうを見た。

「やるって本人が言ってるんだし。やらせてみれば？　どうせ、夏までなんだし」

てっきり、勇次郎にも反対されると思ったのに。

（な、なんで……？）

ひよりはびっくりして、勇次郎の顔をまじまじと見つめる。

面倒くさそうな表情が浮かんでいるだけで、なにを考えているのかさっぱりわからない。

それは愛蔵も同じだったのだろう。「はぁ!?」と、顔をしかめていた。

「なに言って……っ！」

「はい、そこまで。そういうことは、あんたたちが決めることじゃないの。というか、もう雇うことは決まっているんだから、ごちゃごちゃ言わない！」

内田マネージャーが、ピシャリと話を打ち切った。

愛蔵は苛立ちをおさめられないのか、前髪を邪魔そうにかきあげてため息をつく。

「俺は反対した。後の面倒なんて絶対みないからな」

そう宣言すると、ソファーに投げていたバッグをつかんで応接室をでていく。


「あの……染谷君……」

ひよりはとまどいながら、勇次郎におずおずと声をかけた。

(一応……お礼、言ったほうが……)

ひよりのほうをむいた勇次郎は、ニコッとほほえむ。

学校で見せるような、完璧につくった笑顔だった。

「自分の価値は、自分で証明してみせなよ」

笑顔とは裏腹に冷たさを含んだ声で言われ、ひよりはお礼の言葉も忘れて息をのむ。

勇次郎はそれ以上興味はないとばかりに、顔をそむけた。

最初から、『ムリでしょ?』と言わんばかりの態度だ。

ひよりはギュッと唇を結んで、強く手をにぎりしめた。

勇次郎は横をスッと通りすぎ、応接室をでていこうとする。


「染谷君！」

思わず、呼び止める。

「うち、やめんから。どんなに大変でも……ちゃんと最後までやるから！」

聞こえていただろうに、相変わらずの無視。

きっと、それだけの存在だということなのだろう。


内田マネージャーと契約書を交わして、仕事についての説明を一通り聞いてメモをとり、他のスタッフに挨拶してまわり、ようやく事務所をでたのは午後九時すぎだった。

夜の風は昼間とは違うにおいがする。

かすかな雨のにおい。それに、街の雑多なにおいがまざりあっていた。

ひよりはビルの隙間にのぞくひどくせまい空を見上げる。

『うち、負けんからね――』

ほらね今も
意識しちゃってる

magic 4
~マジック4~

♪ magic 4 〜マジック4〜 ♫

午前中の授業が終わると同時に教室を飛び出したひよりは、階段を駆けおりて売店にむかう。

けれど、ひよりが到着した時には、すでに人だかりができていた。

(もう、あんなに人が〜〜!!)

今日は午後から体育がある。それに部活では、長距離のタイム測定もある。

その後はアルバイトだ。ここでパンが買えるかどうかは死活問題だった。

ひよりはひるみそうになる気持ちをぐっと抑え、財布をにぎりしめる。

「涼海ひより……ファ……ファイト――――ッ!!」

小さな声で自分を鼓舞すると、ダッシュして人だかりに飛びこんだ。

「カ、カツ…………!!」

ひよりが声をあげようとするすぐそばから、べつの生徒が「メロンパン!」と、叫ぶ。

「カツッ！！」

「おばちゃーん、こっち焼きそばパン！」

「カツ―――ッ!!」

ひよりはギューギューと押し潰されながら、声をあげた。

後ろから押されて、前の男子とのあいだにムギュッと挟まれる。

（カツサンド〜〜〜〜！！！）


「おばちゃん、カツサンドねー」

そう、前にいた男子が注文する。

「はい、カツサンド、これで売り切れね―――！」

（えええええ〜〜〜〜！！）


カツサンドを受けとったその男子は、人だかりを離れる時、チラッとだけひよりを見る。

その口もとに、ニヤッとイジワルな笑みが浮かんでいた。

「あっ、愛蔵君〜〜！」

まわりにいた女子が気づいて、「キャーッ」と嬉しそうな悲鳴をあげる。

カツサンドを手に階段をあがっていく愛蔵の後ろ姿に、ひよりは精一杯、手を伸ばした。

「うちの……うちの……カツサンド〜〜〜！」

「今日のパン、全部売り切れー!!」

生徒たちのあいだから、「えええ——！」と声があがる。

みんながあきらめて帰った後には、放心したひよりだけがとり残されていた。

「売り……切れ…………」

フラフラして、力が抜けたようにその場に両膝と両手をつく。

そのままガクッとうなだれていると、「あれ、ひよりちゃん？」と声が聞こえた。

情けない顔のまま見上げると、階段をおりてくるのは雛だ。

「せ、瀬戸口先輩〜〜〜！」

ひよりは泣きそうな顔をして呼びながら、ペタンとその場に座りなおす。

「ど、どうしちゃったの!?」

「うちのカツサンドが〜〜〜!!」

「もしかして、お昼のパン、買い損ねたの？」

そうきかれて、ひよりはコクコクとうなずいた。

「よかったら、私のサンドイッチ、いっしょに食べる？　調理実習でつくりすぎちゃったし」

そばにしゃがんだ雛が、かわいい手提げバッグを見せる。

ニコッとほほえんだ雛を見つめて、ひよりは瞳をウルウルさせた。

（瀬戸口先輩って……瀬戸口先輩って……）

「うちの女神〜〜〜〜!!」

ひよりがガバッと抱きつくと、雛はびっくりした顔をしてから、「もー、大げさだなぁ」と苦笑していた。

♪　♥　♫　♥　♪

中庭に移動すると、ひよりと雛はならんでベンチに腰かける。

木漏れ日が差し、地面で葉や枝の影がゆっくりと揺れていた。

廊下の窓が全開だから、校内放送の音が漏れてくる。

雛がラップにくるまれたサンドイッチをとりだして、「はい、どうぞ」とひよりに渡す。

「カ……カツサンド〜〜〜!!」

まだほのかに温かいサンドイッチを手に、ひよりは瞳を潤ませた。

「ほら、早く食べないと時間なくなっちゃうよ？」

雛は膝にハンカチを広げ、自分の分のサンドイッチをとりだした。

ひよりはラップをはずし、「いただきます！」とサンドイッチを頬張る。

千切りのキャベツと、ソースがたっぷりしみこんだサクサクのカツが、柔らかいパンにサンドされている。

「お、おいふぃぃ〜〜〜〜!!」

モグモグしながら、ひよりは感動の声をあげた。

「お弁当、持ってこなかったの？」

「ふぇっぐっ！」

自動販売機で買ったオレンジジュースをゴクッとのどに流しこんでから、ふっと一息つく。

「お米、切らしちゃって……」

「そっかー、大変だよね。一人暮らしだもんね。最近、アルバイトも始めたんでしょう？」

「は、はいっ！」

「なんのアルバイト？」

雛にきかれて、ひよりは少し言葉に詰まる。それからごまかすように笑って言った。

「えーと……イ、イベントの手伝いみたいな……？」

「イベントの手伝い？　どういうことするの？」

サンドイッチを持ったまま、雛は首をかしげた。

「荷物運びです！　あと……片付けとか……か、監視……とか」

「部活の後もやってるんだよね？　遅くなったりしない？」

「うちはそうでも……それに、いっしょに働いているスタッフの人たちがみんないい人なので」

ひよりが高校生なので、あまり遅くならないように配慮してくれるし、できるだけ早く帰れるように気をつかってくれる。

「私なんて、部活の練習だけでクタクタだよ」

「でも……時々、休ませてもらってるし……練習出られない日もあるし」

ひよりは少し声を小さくしてから、バッと雛のほうをみる。

「そのぶん、みんなの足を引っ張らないように、がんばりますから！　絶対、絶対、いい成績残しますから！」

「足を引っ張る、なんて誰も思わないよ。私だって、園芸部との掛け持ちだから、休んだり遅れたりすることがあるし……みんないっしょだよ」

そう言うと、雛はニコッとほほえんだ。

「瀬戸口先輩……」

ひよりはジーンとして、雛を見つめる。

（やっぱり、先輩って優しいなぁ……うちも、見習わんと！）

「ひよりちゃん、部活もアルバイトもがんばってるんだからすごいよ」

「すごくないです！」

ひよりは小さく首をふってから、少しだけ視線をさげた。

「それに、負けたくないって思う人がいて……」

「それ、ちょっとわかる、かも」

雛がふと、もらすように言った。その視線は中庭の花壇にむけられている。

園芸部の雛たちが世話している花壇では、あじさいが咲き始めていた。

「追い抜かれたくないっていうか……おいていかれるのは悔しいっていうか」

「そうなんです！」

ひよりは雛の言葉に大きくうなずいた。


「うちにはなんにもできんって、思われてるのが悔しくて！」

「ほんと、子供っぽくて、なんでも張り合ってくるし」

「全っ然、優しくないし、こわい顔ばっかするし！」

「ちょっと背が伸びたからって、調子にのってくるし！」

ひよりと雛は交互（こうご）に言い合う。


「人のこと、芋女（いもおんな）って呼ぶし、うちのカツサンド奪（うば）っていくし～～！」

「えぇ～～!?　そんなこと言う人がいるの!?」

雛がびっくりしたように、ひよりのほうを見た。

「他（ほか）の人はみんな、いい人ばっかりなのになぁ……」

ひよりがハァとため息をつくと、雛が少し心配そうな顔をする。

「それ、アルバイト先の人？」

「もう一人なんて、アルバイト初日に、こーんな顔して……」

ひよりはあごに手をやると、フッと笑みをつくる。

「自分の価値は、自分で……しょっ!!!!!!」

中庭をちょうど通りかかった勇次郎が、ピタッと足を止める。

その姿に気づいた女子たちが、「キャーキャー」と騒いでいた。

「しょー…………めい…………」

ひよりは青くなって、声をうわずらせる。

勇次郎はミルクココアのパックを手に、ジーッとこちらを見ている。

その口もとに意地の悪い笑みが浮かぶのを見て、ひよりはビクッとした。

「あの人って……よく騒がれてるアイドルの男子だよね？　この前、助けてくれた人と同じ…

…あの人も、ひよりちゃんと同じクラス？」

雛が勇次郎とひよりを交互に見る。

「……そー……だったような……？」

ひよりは頭の後ろに手をやり、さりげなく視線をそらしながら答えた。


「本物の勇次郎君だ……かっこいい！」

「きゃーっ、こっちむいて！」

そんな声が、渡り廊下のほうから飛んでくる。

「えー、ちょっとあの子だれー!?」

そんな嫉妬の声もなかにはまじっていた。


勇次郎はクルッと足のむきをかえると、ひよりのほうに真っ直ぐやってくる。

心臓の音が急にドクン、ドクンと大きくなった。

「涼海さん」

「は、はいっ!!」

ビクビクしながら視線をもどすと、勇次郎がニコッとほほえんでいる。

「いつもここで食べてるの？」

「そういうわけじゃ………ないけど……？」

（いつもは全然話しかけてこんのに……なんで〜〜!?）

「ふーん、そうなんだ」

勇次郎は少しだけ、ひよりの耳もとに顔をよせてきた。

「じゃあ、またあとでね」

ほんの少し低い声で囁かれて、ひよりは飛び上がりそうになる。

せっかくのカツサンドが、スカートのうえにボロッと落ちていた。


「キャ――――ッ、ずるい――！」

女子の悲鳴があちこちからあがる。

「あ、そうだ。ここ……ソースついてるよ？」

自分の唇のはしを指でさすと、彼はクスッと笑ってひよりのそばを離れていった。


「なんだかすごいね。教室でもあんな感じなの？」

「…………」

「ひよりちゃん？」

雛が返事をしないひよりの顔を、ヒョイッとのぞく。

「瀬戸口先輩〜〜〜〜!!」
雛は「ううう〜〜!」と泣いているひよりを見て、びっくりしたように目を丸くしていた。
「ど、どうしちゃったの!?」

(あとで……イジワルされる〜〜〜!!)

事務所でのアルバイトを始めてから一週間。
ひよりが女性スタッフといっしょに、ポスターのはいった段ボール箱を運んでいると、エレベーターのドアが開いた。
ふてくされたような顔でおりてきた愛蔵と勇次郎は、おたがいにそっぽをむいている。
二人とも髪はボサボサ、シャツやブレザーのボタンがとれそうになっていて、ネクタイも半分ほどけていた。

(ま、またケンカ!?)

あっけにとられて見ていたひよりを、愛蔵が『邪魔』とばかりに腕で押しのける。

軽くよろめいて、傾きそうになった段ボール箱を抱えなおした。

「ちょっと待ちなさい!!」

続いてエレベーターからおりてきた内田マネージャーが、怒った口調で二人を呼び止める。

けれど、愛蔵も勇次郎も聞こえないふりを決めこんで奥の休憩室へとはいっていき、八つ当たりのようにバンッとドアをしめた。

ひよりと女性スタッフのそばで足を止めた内田マネージャーが、「まったく……」とため息をつく。

「また、やっちゃったんですか?」

女性スタッフが苦笑交じりにきいた。

「顔に青あざつくらなかっただけマシよ」

内田マネージャーは軽く肩をすくめてから、事務室にはいっていく。

「あの〜、あの二人って、いつもケンカばっかしてるんですか?」

ひよりは女性スタッフにたずねた。

「そうねぇ……一ヶ月に一回くらいはぶつかってるかな？」

「そんなに⁉　あの……原因って？」

「ん〜、色々だけど。二人とも、ああ見えてプロだもの。妥協できないこととか、あるんじゃないかな。ぶつかるのも、おたがいに真剣だからで……それで、結局いい仕事してくれるから、みんな心配してないの。だから、大丈夫」

ニコッと笑った女性スタッフは、ひよりの背中をトンと叩いた。


（プロ……かぁ）

壁にはられている二人のポスターに目をやる。

ひよりはまだ、二人の仕事に同行したことがない。

だから、女性スタッフが言う真剣さや、本気な姿を知らない。

「なんで、アイドルやってるんかなぁ……」

勇次郎は無愛想だし、愛蔵は女子が苦手。二人とも、アイドルにむいている性格ではない。

騒がれると、うんざりしたような顔を一瞬見せることもある。

それなのに、なんで——と、不思議に思う。

二人のことは、わからないことだらけだ。

♪❤♫❤♪


日曜日の朝、ひよりがスタッフたちといっしょにむかったのは、都内にある撮影スタジオだ。

ワゴン車に積まれた段ボール箱やケースをようやくスタジオ内に運びこんだところで、内田マネージャーに、「ひよこー！」と呼び止められた。

「は、はい！」

これからおこなわれるのは、『LIP×LIP』のPRポスターの写真や、シングルのジャケットに使われる写真の撮影だ。

スタッフたちが、撮影に使う機材や小物をいそがしそうに運びこんでいる。

「手があいてたら、こっちのソファー、運ぶの手伝って！」

「ソ、ソファー？」

ロビーの中央におかれているのは、どっしりとしたソファーだ。

それを、スタッフたちが数人がかりで持ちあげようとしていた。

ひよりも急いで駆けより、いっしょに両手でソファーを持ちあげようとしたが、なかなか持ちあがらない。そのうちに手のほうがしびれてくる。

「これ、どこ!?」

「二階のスタジオです！」

すみの狭い階段を見て、スタッフたちが「うそー」と声をもらした。

「落とすなよ、せーのっ！」

男性のスタッフのかけ声で、ひよりたちはソファーを抱えながら、一段ずつ階段をのぼっていく。ソファーがかたむきそうになって、「ギャ――ッ」と声があがった。

（お、お、重い〜〜〜っ!!）

ひよりも精一杯手に力をこめて、落とさないように支える。

正面の自動ドアが開き、花を抱えたエプロン姿の男性がロビーにはいってきた。

「フラワーショップ・はなやまでーす。ご注文の花、お届けに参りましたー！」

「あー、ちよちゃーん。はなやまさーん！　受けとりサインしてー」

「はーい！」

内田マネージャーがべつの女性スタッフを呼び止めて指示を出している。

「「おはようございまーす！」」

階段の途中までなんとかソファーを運びあげた時、下のほうから爽やかな挨拶の声が聞こえた。

愛蔵と勇次郎の二人が、ようやく到着したらしい。

二人ともまだ衣装に着がえていないからラフなかっこうだ。

「二人、先に通して！」

「そこのソファー！　避けてー！」

そんな声が、スタッフのあいだで飛び交う。

（む、ムリ〜〜！）

精一杯端によろうとしたが、ソファーと壁にムギュッとはさまれて身動きがとれなくなった。

（つ、潰れる〜〜〜！）

「「おはようございまーす！」」

笑顔でスタッフたちに挨拶しながら、愛蔵と勇次郎が階段の隙間を通り抜ける。

「お…………おはよーござい…………ますっ!!」

ひよりもなんとか挨拶したものの、二人は目も合わさずさっさとあがっていく。

いっそ清々しいほどの無視っぷりだ。

(まけ……ないっ!!)

ひよりは真っ赤な顔をしながら、歯を食いしばってソファーを支える手に力をこめた。

♪ ♥ ♫ ♥ ♪

ソファーにあしを組んで座る勇次郎と、肘掛けに浅く腰かけている愛蔵が、カメラマンの指示でニコッとほほえむ。

カシャカシャと撮影されている二人を、ひよりはすみのほうで見学していた。

二人の仕事に同行するのは、今日が初めてのことだ。

急に顔がかわるから、少しびっくりした。

学校でも爽やかな笑顔をふりまいているけれど、それとはまた違う。

ファンの子を夢中にさせるような、ほんの少し大人びた笑顔――。

（おこった時は、こわい顔もするのに……）

そんな二人からは想像できない。カメラの前だと、スッと雰囲気がかわる。

様になっている、というのだろうか。

女性スタッフがいっていた、『プロ』の顔というのを、初めて見た気がした。

「はい、OKでーす!!」

カメラマンの声で、スタッフたちが動き出す。

勇次郎も立ち上がり、愛蔵といっしょに、衣装やメイク担当の人とスタジオを出ていく。この後は着がえて、べつの撮影だ。

その姿を目で追っていると、「ひよこー！」という内田マネージャーの声が飛んできた。

「はい！」

ひよりは、あわてて返事する。ボーッと見ている場合ではなかった。

「ソファー、運びだすの手伝って！」

内田マネージャーは、撮影用のソファーにクイッと親指をむけた。

た。

グイッと顔をあげると、ソファーを持ちあげようとしているスタッフたちのもとに駆けよった。

（でも、あの二人だって、仕事してるんだし……！　うちも負けられん！）

明日は間違いなく、腕が筋肉痛だろう。ひよりはガクッとする。

（またこのソファーかぁ〜〜）

♪ ♡ ♫ ♡ ♪

撮影が終わり、昼休みを挟んで午後になると、今度はラジオの収録だ。

ひよりも撮影機材の運び出しと片付けを手伝い、ワゴン車のなかでおにぎりを頬張る。

愛蔵や勇次郎は一足先にスタジオにむかい、打ち合わせをおこなっているはずだ。

ひよりがスタジオに到着すると、ちょうど収録が始まったところだった。

内田マネージャーに二人の仕事をよく見ておくように言われて、コントロールルームの後ろのほうで見学させてもらう。

スタジオブースには、パーソナリティの男性と、愛蔵と勇次郎が座っていた。

「今日のゲストは僕もねー。すっごく、楽しみにしてた。リスナーのみんなも、そうじゃないかと思う。デビューから一年。CD発売、そしてなんと！　全国ツアーライブ開催が決定した……といえば？　そう、今、大大大人気のあの二人!!　高校生アイドルユニット、LIP×LIPの――――っ!!」

パーソナリティの男性が合図を送るように二人に手をむける。

「愛蔵でーす!!」

「勇次郎です」

二人がマイクにむかって自己紹介する。

「いや――いつきてくれるのかと思ってずっと待ってた」

「俺たちも呼んでもらえてすごく嬉しいです。このラジオ、よくきいてるし！」

「えーっ、本当に!?　なに!?　リップサービス？　LIP×LIPなだけに？」

「いやいや、本当に！」

愛蔵が笑いながら答えると、「休憩中とかね」と勇次郎が相づちを打つ。

「僕もすごく嬉しいよ。今、ドキドキしてる！　ラジオだから、二人をリスナーのみんなに見せられないのが、ほんと残念！　僕の今目の前にいるＬＩＰ×ＬＩＰはねー」

「『ＬＩＰ×ＬＩＰは？』」

勇次郎と愛蔵が同時にきく。

「めちゃくちゃ、かっこいい！」

「ありがとうございます」

はにかむような含み笑いをしながら、勇次郎が言う。

「この二人を今日、このスタジオで独占してしまおうというわけです。さて！　さっそくだけど愛蔵君と勇次郎君の二人は、今高校一年生なんだよね」

二人は顔を見合わせてから、「『そうですね』」と答える。

「高校、どう？　同じ高校、通ってるんだっけ？　あれ……中学はどうだったの？」

「中学はべつだったんですけどー……高校はやっぱ、同じほうがいいなって、二人で話し合って決めました」

愛蔵が、「な？」と勇次郎に視線を移す。

「そうだね。クラスも同じだとは思わなかったけどね」

「やっぱり、学校でも二人でいっしょにいること多いの？」

「そーでもないけど、気づいたらいっしょにいる……よな？」

「愛蔵がよってくるから。暑っ苦しいのに」

「それは俺じゃなくて、そっちだろ！」

「なるほどねー。LIP×LIP引力の法則で、おたがいに引きよせられていると！」

「「いや、全然っ‼」」

二人の声がそろうと、パーソナリティの男性が笑う。


『愛蔵には関係ないから……』

『ふざけんな‼』


そう言って、学校の裏庭で勇次郎の胸ぐらをつかんでいた愛蔵の姿を思い出した。

ラジオの収録をしている二人は、誰が見ても仲がよさそうだ。

（二人とも、ケンカしてたのになぁ……）

仕事の時はべつ、ということなのだろう。ちゃんと切りかえている。

女性スタッフの言うとおり、ケンカなんてよくあることだから、二人とも慣れているのかもしれない。

三十分ほどの収録はあっという間に終わり、パーソナリティの男性と握手をかわしてから、愛蔵と勇次郎がスタジオブースをでていく。

ひよりも内田マネージャーにうながされて、コントロールルームを後にした。

廊下にでると、二人もちょうどでてきたところだった。

「お疲れさま。先に車とってくるから、下で待っていて」

内田マネージャーは二人にそう言って、一足先に階段をおりていく。

「次って、雑誌の取材だったよな？　何時から？」

愛蔵がグイッと腕を伸ばしながら、勇次郎にきく。

「二時からでしょ。スケジュールくらい自分で把握しときなよ」

「あー……じゃあ、昼、食うヒマもないじゃん」

そんな話をしながら、二人がひよりのそばを通りすぎる。

思わず見つめていると、愛蔵がふと足を止めてふりむいた。

「なんだよ……」

「ううん。なんでも……」

ひよりは少しあせって首を横にふった。

愛蔵は眉間(みけん)にしわをよせ、顔をそむける。

「どうせ……ウソつきだとか思ってんだろ……」

そう言うと、ズボンのポケットに手をつっこんで階段をおりていく。

(そんなこと、思っとらんよ……)

ひよりはその言葉をぐっとのみこんだ。

ケンカしていても、仲が悪くても、ファンの子たちの前では絶対にそれを見せない。

仕事中もそうだ。

事務所では不機嫌(ふきげん)な顔をしていても、スタジオにはいればそんな素振(そぶ)りは少しも見せない。

ちゃんと、アイドルとして、プロとして、仕事をそつなくこなしている。

それを、ただすごいなと。

本当に、そう思っただけだ——。

♪ ♥ ♫ ♥ ♪

ひよりが事務所にもどったのは、午後七時すぎだった。

今日の撮影で使われた道具を倉庫に片付け、スタッフミーティングに参加し、ようやく仕事が終わったのは九時前のことだ。


ビルを出たところで、「お疲れー、ひよりちゃん！」とスタッフの人に声をかけられた。

「あっ、お疲れさまです！」

ひよりはペコンと頭をさげる。

「ひよりちゃん、俺ら、これからご飯食べにいくけど、いっしょにどう？」

「ええ!?」

「なに言ってんですか、もー。ひよりちゃん、高校生なんですから！」

女性のスタッフが、男性スタッフの腕をパチンと叩く。

「えーっ、あかんのー？」

「あかんのです！」

そんな会話に、ひよりも他のスタッフたちといっしょになって笑う。

まだアルバイトを始めて一月とたっていないけれど、みんなひよりの名前を覚えてくれて、気さくに話しかけてくれる。

（スタッフの人はいい人ばっかりだなぁ）


「お疲れさまでしたー」

愛蔵と勇次郎が自動ドアを通り抜けてでてきた。

二人に声をかけられたスタッフが、「お疲れさまでーす！」と挨拶をする。

ひよりも、「お、お疲れさまです！」とあわてて挨拶した。

二人はひよりには笑顔をむけることなく、道路脇で待っていたタクシーに乗りこむ。

「帰るところなんかな……」

「ああ、これからレッスンでしょ」

「レッスン？」

「ダンスレッスンと、次のライブの振り付けの打ち合わせ」

「これから!?」

ひよりは驚いてきく。今日は朝から撮影や収録で駆けまわっていたのに。

仕事に同行したひよりのほうがクタクタだ。

「いつもだよ。土日はほとんど。深夜までやってるんじゃないかなぁ」

（そうなんだ……）

ひよりは道路のほうに目をやる。二人を乗せたタクシーはもう見えなくなっていた。

（なんで、そんなにがんばれるんだろう……？）

今まで、テレビのなかでしか知らなかったアイドル。

大変なんだろうなと、ぼんやりと思ってはいたけれど想像以上だった。

それをあの二人は、なんでもないような顔でこなしている。


「じゃあ、お疲れ〜！」

立ち去るスタッフたちを、「お疲れさまでした！」と見送り、ひよりは駐輪場においてある自転車をとりにいく。

空に薄ぼんやりとした月が浮かんでいた。
明日はまた学校だ。
シフトにはいっていないから、ひよりは部活にでて、そのまま家に帰るだろう。
けれど、二人はきっと明日も学校が終われば仕事だ。
そんな毎日を、中学の時からずっと続けている。

これが『ＬＩＰ×ＬＩＰ』としての、二人の日常――。

アパートにもどったひよりは、フラフラしながら部屋にはいると、そのまま折りたたんだ布団のうえにボスッと倒れこんだ。
「お風呂……ごはん……………」
布団に顔を埋めたままつぶやく。動く気力がなく、このまま寝てしまいたい気分だった。
「おなかすいた――」

（フカフカのパンケーキ食べたい〜〜！　クレープも食べたい〜〜!!）

「アルバイト代がはいったら、絶対、パンケーキ食べにいく！」

ムクッと起きあがって決意してから、すぐにまた布団に倒れる。

（ああ、でも、ベッドも買わんと……）

ひよりはため息をついて、ゴロンと横になった。そのまま布団を枕にして仰向けになる。

『自分の価値は、自分で証明してみせなよ』

勇次郎のその言葉が頭をよぎる。

（うちの価値って……？）

ただ、足が速いだけ。

走るのが好きなだけの、田舎からでてきたばかりの高校生。

あの二人のように、『特別』な才能があるわけでもない。

自分にできるのは、ただ目の前のことに、精一杯とり組むことだけ。

陸上も今までそうやってきた。毎日のコツコツとした努力の積み重ね。

辛くても、大変でも、一心不乱に走っていれば、『どこか』へはたどり着ける。

それがどれほど遠い道のりであったとしてもだ。

あの二人もきっとそうだ。

そうやって、自分の価値を証明してきたはず――。

ひよりはトロンとしていた目を閉じる。

パジャマに着がえないまま寝ていたことに気づいたのは、翌朝になってからのことだった。

♪　♥　♫　♥　♪

六月にはいったばかりの日曜日、ひよりはスタッフといっしょに、ワゴン車に荷物を積みこんで移動していた。

むかったのは、最近できたばかりのショッピングモールだ。

今日はこのなかにはいっているCDショップで、サイン会がおこなわれることになっていた。

午後からは中央のホールで、無料ライブも開催される。

ショッピングモールに到着すると、開店前だというのに行列ができていた。

ライブの整理券をもらうための列だろう。


（はぁ……すごい人気だなぁ……）

駐車場を移動する車のなかから、ひよりはその様子を眺めていた。

スタッフと警備員が、三角コーンを立てたりして、対応に追われている。

ショッピングモールの裏手に車が停まると、すぐにスタッフたちといっしょに荷物運びだ。


搬入口からなかへはいり、ＣＤショップ内のブースで設営の手伝いをおこなう。

ほとんどの準備が整ったころ、スタッフの人たちが今日販売する予定のグッズの箱が足らないとあわてていた。

「全部運びこんだー!?」

「そのつもりだったんですけど……すみません！　確認ミスです!!」

そんな会話が聞こえてくる。

（そういえば、箱……事務所に残ってた）

これはいいのだろうかと思ったのに、他のスタッフたちがなにも言わないのでつい、そのままおいてきてしまった。

（あれ、やっぱりいる箱だったんだ……！）

「あっ、あの！ うち!!」

ひよりが思わず声をあげると、話をしていたスタッフたちが振り返る。

「とりにいってきます！」

他のスタッフはそれぞれの仕事がある。手があいているのはひよりくらいだ。

「ひよこー、事務所にもどるならタクシー使って。それと、特典用のカードが入った紙袋もあるからそれも持ってきて。あっ、タクシーは領収書もらうのよー。でないと、自腹という恐ろしい目に遭うからね！」

店の人と話をしていた内田マネージャーがふりむいて、ひよりに事務所のキーを投げ渡す。

それをあわてて両手でキャッチし、「はいっ！」と返事した。

言われた通りにタクシーで事務所にもどると、箱は事務所の入り口のところにおかれたままになっていた。

(あと特典用のカードの紙袋……)

段ボール箱の上におかれた紙袋に気付いて、なかをたしかめる。

「これかな？　他にないし……」

あたりを一応確認してから、紙袋と段ボール箱を抱えて腕時計を見た。

サイン会の時間まで、あと四十分ほどある。

これなら間に合うだろうとホッとして、エレベーターのボタンを押した。

それなのに――。

ショッピングモールにもどるタクシーのなかで、ひよりは落ち着かずに窓の外を見る。

くる時はスムーズだったのに、車が渋滞していて少しも進まない。

横の車が痺れを切らしたようにクラクションを鳴らしていた。

「あっ、あの、あとどれくらいかかりますか!?」

ひよりは後部座席から身を乗りだして、運転手にたずねる。

「わかんないねー。今日はほら。あれだから。マラソン大会！」

ひよりは、「そうだったー！」と思い出した。

チャリティマラソンがおこなわれると、部室の壁にもポスターがはられていた。


(あれ、今日だったんだ!!)

規制時間になり、道路が通行止めになったため、迂回する車で渋滞しているらしい。

となれば、マラソン大会が終わるまではこの調子ということだ。

「あの、それなら、電車や地下鉄の駅は!?」

「このあたりなくてねー。徒歩でも十分はかかるよー？」

運転手はナビを操作して場所を検索しながら答える。

(ええ〜〜!?　それじゃあ、間に合わーん!!)

「まあ、走ったほうが早いかもしれんなぁ」

運転手はそう言って笑っていた。

（走って……）

「あの、ここでおります!!」

「えっ、いいの？　ショッピングモール、まだ先だよ!?」

「大丈夫です!!」

ひよりは財布をとりだして、メーターの料金をたしかめる。

支払いをすますと、運転手がドアを開けてくれた。

段ボール箱と紙袋を抱えておりようとしたひよりは、大事なことを思い出して、「あっ！」と声をあげる。

「領収書、ください!!」

（ショッピングモールまでは……）

タクシーをおりると、ひよりは携帯でルートと距離を確認する。

（大丈夫。あと二十分ある）

携帯をポケットにしまい、紙袋を肩にかけると、段ボール箱をしっかりと持ち直した。トントンとスニーカーの先で地面を叩き、深呼吸する。

「よしっ！」

気合いをいれるように声をあげると、トンッと地面を蹴って駆けだした。

(絶対、間に合わせる!!)

ひよりは交差点までできたところで、どっちだろうとあたりを見まわした。

ショッピングモールの建物は見えてこない。

汗を拭ってから、携帯をとりだし、地図をたしかめる。

あと、一キロほどだ。ひよりは携帯をポケットにしまい、急いで角を曲がった。

その時、人にぶつかりそうになってあわてて避ける。

よろめいた拍子に、数枚の特典カードが落ちて地面に散らばった。

ひよりはあわててそれを拾い集める。

幸い、一枚ずつビニール袋に入っているから中のカードは汚れてはいない。

ホッとしてまわりを見れば、風に飛ばされた一枚が少しはなれたところに落ちている。

あわてて拾いにいこうとすると、通りかかった人が気付いて足を止めた。

身をかがめて手を伸ばしたのは、その人のほうが先だった。

「はい、これ」

「あっ、ありがとうございます!!」

ひよりはガバッと頭を下げ、肩にかけた紙袋のなかに特典カードをしまう。

顔をみる余裕もなく、ひよりは段ボール箱を抱えて走りだそうとした。


「飛鳥ーっ」

「どこいってたん、星空。レッスン遅れるやろ」

「あっちで、アイス売ってた〜〜」

後ろから聞こえてきたのは、そんな男子二人の会話だ。

一度だけ振り返ると、他校の制服を着た男子が横断歩道を渡るのが見えた。

その後ろ姿を数秒見つめていたひよりは、時間がないことを思い出して前をむく。

ようやくショッピングモールにたどり着いたのは、サイン会が始まる五分前だった。

ＣＤショップの前には、すでに列ができていて、「もうしばらく、お待ちください！」とスタッフが声を張りあげている。

(間に合った〜〜)

ひよりは「ふーっ」と息をはくと、従業員用の出入り口からこっそり店内にはいった。

「もどりました！」

「ひよりちゃん、よかった!!　ごめんね――！」

駆けよってきた女性スタッフに、ひよりは段ボール箱と紙袋を手渡した。

額から垂れてくる汗を袖で拭っていると、女性スタッフがびっくりした顔をする。

「すごい汗だけど……大丈夫!?　どうしたの!?」

「あっ、走ってきたから……」

ひよりはヘラッと笑って答えた。

「ええっ!?　事務所から!?」

「いいえっ！　途中からです。渋滞で……」

「あーそういえば、マラソン大会かー、ご苦労さま。休憩してていいよ！　もう始まるから」

そう言われて、ひよりは邪魔にならない場所に移動する。


店の外が騒がしくなったのは、スタッフルームから愛蔵と勇次郎がでてきたからだろう。

待っていたファンたちが、身を乗りだすようにして二人を見ようとしていた。

そのなかにクラスの女子の姿を見つけて、ひよりはあたふたしながら隠れる場所をさがす。

このアルバイトをしていることは、クラスのみんなには絶対に秘密だ。

愛蔵と勇次郎の二人にも、『言うな！』と釘を刺されている。

スタッフジャンパーを着ているところなんて見られたらたいへんだ。


「これより、サイン会を始めまーす！」

そんな声が聞こえて、ひよりは急いで布がかけられている机の下に飛びこんだ。

ここなら布が目隠しになるため、ひとまず、見られることはないだろう。

(終わるまで、隠れてるしかないなぁ……)

そう思いながら、ひよりは体育座りになる。

店内にファンの子たちがはいってきたのか、キャーキャーと声があがっていた。

（それにしても……疲れた〜〜）

ハァーと息をはきだしながら、膝に顔をうずめる。

全力で走ってきたから、心臓が心地いい速さで脈打っていた。

そんなひよりの耳に、カタンッとパイプ椅子を引く音が届く。

誰かが座ったのがわかったが、なんだかひどく眠くなってきて顔をあげたくなかった。

（まあ、いいか……サイン会終わるまででられんもんね……）

『おい……終わってんぞ。っていうか、なんでこいつ、こんなところにいるんだ？』

『さあ？』

『どうするんだよ、これ……』

『誰かが起こすんじゃないの？』

そんな声が聞こえてきて、ひよりはまぶたをうっすら開いた。

椅子を引く音で、ようやく目が覚める。

「あれ、サイン会は⁉」

「もう、終わってる」

あきれているような声とともに、バッと机をおおっていた布が外された。

ひよりが這いだすと、他のスタッフたちはいそがしく片づけをしている最中だった。

（わぁ、うち、ずっと寝てた～～！）


急いで立ち上がったひよりに、勇次郎が布を投げ渡してきた。

「……今日はちょっと、役に立ったかもね」

ひとり言みたいなつぶやきをもらし、勇次郎はひよりをチラッと見る。

その口もとが、ほんの少しだけ笑っていた。

ひよりは驚いて、勇次郎を見つめる。

（うちが走ってもどってきたこと……知ってた？）

スタッフの誰かにきいたのだろうか。

二人は「撤収～」と楽しそうに言いながら、スタッフルームのほうへもどっていく。

「そっか……」

（ちょっとは役に立ったんだ……）

ひよりは『ＬＩＰ×ＬＩＰ』のロゴがはいった布を見つめる。

ほんの些細(ささい)なことが嬉(うれ)しくて、つい頬(ほお)がゆるんだ。

同じ瞬間
生きているから

この果てしない宇宙の中で

♪ magic 5 ～マジック５～ ♫

休日の早朝、勇次郎は犬のリードを引きながら、川ぞいの道を歩いていた。
この時間帯は人の姿もそう多くない。
すれ違うのはいつも、見慣れた散歩中の老夫婦。それと――。
ランニングウェアを着たひよりが、ペースを守りながら少し先を走っている。

（また、走ってる……）
勇次郎が立ち止まると、急かすようにリードを引っ張っていた犬が、振り返って行儀良く座った。その尻尾がパタパタとアスファルトの路面を叩く。

ひよりは橋を渡り終えると、一呼吸おいてから再び走りだした。
いつも同じ時間、同じルートだが、彼女が勇次郎に気づいたことは一度もない。
勇次郎が黒縁の地味な眼鏡をかけているから、ということもあるだろう。

一度は勇次郎のすぐ横を走っていったのに、気づくことはなかった。

走っている最中は、前しか見えていないらしい。


入学式の時もそうだった。

通学路の坂道を歩いていた勇次郎の横を、彼女は瞳をキラキラと輝かせながら、軽快な足どりで駆けていった。

あの時、彼女が見つめていたのも前だけだった。


勇次郎はかがんで、犬を抱きあげる。『どうしたの?』というようにアーモンド形の瞳がキョトンと見上げていた。

「なんでもないよ」

犬の頭を軽く撫でながらつぶやくと、足のむきをかえる。

そして、きた道をゆっくりとした歩調で引きかえした。

勇次郎が犬の散歩がてらむかったのは、いきつけのペットショップだ。

久しぶりに、トリミングでもしてもらおうと思ったのだが、店にいた先客を見て思わず眉間にしわがよる。

「なんで、おまえがいるんだよ……」

不機嫌な顔をして先に言ったのは、黒い小柄な猫を抱いた愛蔵だ。

勇次郎は犬を抱えなおし、「そっちこそ」と言いかえす。

隅の柵のなかでは、子犬や子猫がコロコロと転がりまわってじゃれ合っていた。

その鳴き声で店内はにぎやかだ。

「この店は、俺んちから一番近いんだよ。おまえんちからは遠いだろ？　なんで、この店にきてんだよ？」

「は？　そんなの人の勝手じゃん。そっちこそ、いやならべつの店いけば？」

「ここが気に入ってんだよ。俺は一年前からず――っと、この店に通ってんの！」

「こっちだって三年前からずっとここだし」

ハッと皮肉をこめて笑うと、愛蔵は「かわいくねーなっ！」としかめっ面になっていた。

「とにかく……おまえ、他の店にしろよ。いっぱいあるだろ」

「ヤダ」

勇次郎はプイッと顔をそらす。

「ごめんなさいね。今日は、予約が多くて」

そう言いながら、店の奥からショートヘアの女性がでてくる。

彼女は二人を見て、『あら？』という顔をした。

「二人がいっしょに店にきてくれるのめずらしいわね。いつも別々なのに」

「いや、いっしょにきたわけじゃないから。だいたい、俺、勇次郎がこの店に通ってるのも知らなかったくらいだし！」

「そうなの？　てっきり勇次郎君の紹介でこの店きてくれたと思ってたんだけど」

「紹介してないよ。休日まで、愛蔵の顔見たくないし」

勇次郎は女性に犬をあずけると、冗談めかして言いながらニコッとほほえむ。

「俺だって、休日までおまえの顔なんか見たくないっての！」

「二人って、やっぱり普段から仲良しなんだ〜〜」

犬を抱き抱えながら、彼女はクスクスと笑う。

愛蔵は微妙に頰を引きつらせながら、「いや、マジで……」とつぶやいていた。

♪ ♥ ♫ ♥ ♪

ペットをあずけて店をでると、愛蔵と勇次郎はおたがいに顔をしかめて相手をみる。それからすぐに顔をそらし、無言のまま別々の方向にむかって歩きだした。

トリミングが終わるまで一時間半ほどかかるようだ。

そのあいだ、時間が潰せる場所をさがして、勇次郎は道を曲がった。

(そういえば、この先、喫茶があったたっけ……)

そこくらいしか、ゆっくりできそうな場所はない。

大通りまででれば店も多いだろうが、人目につく場所はあまり歩きたくなかった。

それに、店から離れるともどるのが面倒だ。

むかったのは、雑居ビルの地下にあるひっそりとした店だ。

せまい階段をおりて、オープンの札がかかっている古い木のドアを開く。

店のなかには数組の客がいたけれど、ほとんどが高齢層だった。

空いているのは四人がけの席が一席だけだ。

（まあ……いいか……）


席に座ろうとした時、カランとベルの音が鳴ってドアが開く。

なかにはいってきた愛蔵と目が合い、おたがいに「うっ……」と、気まずい顔になった。

「すみません、いま満席で……」

カウンターでコーヒーをドリップしていた店員の男性が、申し訳なさそうに愛蔵に言った。

愛蔵は席に座った勇次郎をチラッと見てから、ため息をつく。


「あー……連れがいるんで、大丈夫です」

愛蔵は席にやってきて、勇次郎の斜めむかいの椅子にストンと腰をおろした。

「……なんでくるの？　他の店いけばいいじゃん」

頬杖をついたまま、勇次郎はチラッと愛蔵を見る。

「このへん、他に店なんてないんだから仕方ないだろ」

愛蔵は不本意とばかりに腕を組んで横をむいていた。

「自販機があるじゃん」

「自販機は店じゃないし」


ボソボソと会話をしていると、水とおしぼりと、メニューが運ばれてきた。

「あっ、俺、アイスコーヒー、シロップとミルクはいいですから」

愛蔵がメニューも開かず注文する。

「ミックスジュースと、チョコレートパフェ。それと後で、チョコケーキお願いします」

勇次郎が注文すると、店員の男性はカウンターに引きかえしていく。


「おまえさ……そんなに頼むの？」

「いいじゃん」

勇次郎は水のグラスに口をつけながら、無愛想に答えた。

「いいけど……なんでミックスジュースとチョコパフェを頼んだ後に、食後のスイーツみたいな雰囲気で、チョコケーキも頼んでんだよ？」

「食べたかったから？」

「それはわかるけど……甘くねーの？」

「そっちこそ、シロップとミルクなくて、どうやってアイスコーヒー飲むつもり？」

「どうやってって……普通に飲むんだよ。ブラックで」

二人とも、信じられないというような目でおたがいを見る。

黙ったまま別々のほうをむくと、二人は店内でかかっているクラシックを聴き流していた。

そのうちに、店員が銀のトレイを片手にのせてやってくる。

テーブルの上に、アイスコーヒーとミックスジュース、それにガラスの器に盛られたチョコレートパフェがおかれる。

「どうぞごゆっくり」

そう言うと、店員は他の客に呼ばれて離れていった。

勇次郎はスプーンをとり、さっそくチョコレートがたっぷりかかっているアイスをすくう。

それをパクッと頬張ると、チョコの甘さとアイスの冷たさが口のなかに広がった。

愛蔵はアイスコーヒーのグラスを見つめたまま、ストローで氷をかき混ぜている。

勇次郎は暇をつぶすため、携帯をポケットからとりだした。

その時、愛蔵がふと、ストローを動かしていた手を止めて口を開いた。

「来週だっけ？　新曲の収録って」

「そうだけど」

「おまえの日ってさ、いつ？」

「木曜日。なんで？」

「いや……一応、把握しとこうと思って。次は俺のほうが早いのか……火曜だし」

愛蔵はグラスを持ち、椅子の背にもたれかかりながらストローを口に運ぶ。


「っていうか、今月、すげー録ってないか？　何曲？」

「三曲。来月も二曲あげるって言ってた」

「ガンガンつくってくれるよなー。嬉しいけど」

「ライブ、あるからでしょ」

「全部の振り付け、覚えんのかー……」

愛蔵はグラスをテーブルにもどすと、両手をグイッと伸ばして頭の後ろで組む。

勇次郎はパフェに刺さっていたチョココーティングされたクッキーを指でつまんで引っこ抜くと、口にくわえてパキッと割った。

「七月にはいったら、もっといそがしくなるだろうね」

「……あいつって、夏のライブまでだよな？」

店内をぼんやりと眺めながら、愛蔵が思い出したようにつぶやいた。

「陸上部の大会も夏だろ。どうすんだろ……」

ポロッとこぼれたその言葉は、勇次郎にむけたものではなくただのひとり言だ。


「……どっちもやるんじゃないの？　毎日走ってるし」

「部活やって、アルバイトもやってるとか、どれだけ体力あるんだよって思うよな」

そう言いながら、愛蔵はかすかに笑う。

「いい勝負でしょ。愛蔵と」

「俺は仕事で体力つけなきゃいけないから走ってんだよ。あいつの趣味といっしょにすんな」

「……あれって、趣味なの？」

勇次郎は少し思案して首をかしげた。

「趣味だろ。じゃなかったら、元気が有りあまってるんじゃねーの？　アルバイト中も、ムダに動きまわってるし」

愛蔵は飲みかけのアイスコーヒーのグラスに手を伸ばす。

それを一気に飲みほすと、少し苦かったのか眉間（みけん）にしわをよせていた。

「でもまぁ……よく続くよなー……もっと早く、ギブアップするかと思ったのに」

「愛蔵が挑発（ちょうはつ）するからでしょ」

「俺じゃなくておまえだろ？　絶対、ムキになってるって。頑固（がんこ）なとこ、おまえといい勝負」

愛蔵はグラスを持ったまま、人差し指を勇次郎のほうにむける。

『うち、やめんから。どんなに大変でも……ちゃんと最後までやるから！』

ひよりがアルバイトにやってきた日、そう言っていたことを思い出す。

それほど気の強そうな性格には見えなかったから、強く言えばあきらめるだろうと思っていた。それは多分、愛蔵も同じだろう。

ムダに動きまわってる、という言葉がまさにピッタリでふっと笑いそうになる。

勇次郎はチョコレートパフェのアイスをサクサクと崩（くず）していた手をとめた。

「あのさ……」

空のグラスのなかで氷を揺（ゆ）らしていた愛蔵が、「ん？」と視線をあげる。

『お願いがあるんだけど――』

♪ ♥ ♫ ♥ ♪

翌朝、勇次郎が公園にむかうと、愛蔵が缶コーヒーを手に、入り口のそばで待っていた。

二人ともTシャツとジャージズボンというかっこうだ。

「おはよ……」

まだ眠気が残ったまま声をかけると、愛蔵が「おまえなぁー」とあきれた顔をする。

「人を呼びだしておいて、なんで十分も遅刻してんだよ？」

「んー……寝坊した……」

「おまえが、お願いがあるって言うから……まあ、いいや。時間ねーし。ほら、いくぞ」

愛蔵は空になった缶を、自動販売機の空き缶いれに放りこむ。

公園にはいると、木々の影がゆれている散歩道をならんで走りだした。

ベビーカーを押している母親や、同じようにジョギングしている人たちと時折すれ違いながら、速めのペースで走る。

公園内を巡る三キロほどのコースだ。

池を一周したところで呼吸が乱れてきて、額から流れた汗がポタッと落ちた。

少し先を走っていた愛蔵が振り返り、ペースを少しだけゆるめる。

勇次郎が立ち止まって膝に手をつくと、愛蔵も同じように足を止めた。

「ちょっと……休憩するか……」

そう言われて、素直にコクンとうなずく。

二人とも丸木の手すりによりかかると、近くの自動販売機で買ったペットボトルの水をゴクッとのどに流しこんだ。

空がきた時よりも明るい。池では鴨の親子がゆっくりと泳いでいる。

「なんで、急に走ろうなんて気になったんだよ？　苦手なくせに」

「……もうすぐマラソン大会あるし」

「そういえば、来週か……そういうの、張り切るタイプだったっけ？」

意外そうに、愛蔵が勇次郎を見る。

「サボるつもりだった」

「だろーな……どーゆー心境の変化だよ？」

「べつに」

勇次郎は手すりから離れると、残りの水を飲みほす。

「……負けずぎらい」

愛蔵がボソッとつぶやく。

聞こえないふりをして、勇次郎は空のペットボトルをゴミ箱に捨てると、再び走りだした。

「待てよ」

愛蔵が残っていた水を一気飲みしてから、追いかけてくる。

二周目を半分ほど走ったところでペースが落ちて、足が何度か止まりそうになる。

首筋を伝った汗が、Tシャツの襟をぬらす。

下をむいて息をはいたとき、ポンッと背中を叩かれた。

顔をあげると、隣を走る愛蔵がニッと笑う。

少し先を走っていたくせに——。

「ほら、がんばれ」

「……るさいっ………」

小声で言ってから、ペースを少しだけもどした。

張り合おうと思ったわけではない。

最初からあきらめながらスタートラインに立つのも、時間切れになるのを待ちながらダラダラと走るのもイヤだっただけだ。

そんな自分を誰（だれ）かに見せるのも――。

マラソン大会の当日、勇次郎は息を弾（はず）ませながら黙々（もくもく）と走る。

空から降り注ぐ日差しがきつくて、暑くて、バテそうだった。

顔をわずかにあげると、学校の正門が見えている。

あと少し――。

正門を抜ければ、ゴール。
あと――。

全力で走りきると、勇次郎は正門を抜けたところで大きく息を吸いこむ。

そのまま膝に手をつき、息をはきだしながらうなだれた。

汗だくで、アスファルトに雫が落ちる。

「ハァ………ハァ………ッ！」


「キャーッ、勇次郎君！」

「かっこいい――っ！」

そんないつもの女子たちの声が耳に届く。

(こんなの……全然、かっこよくない)

勇次郎はもう一度、ハァーッと深く息をはく。


ペタンと座りこんでいると、ペットボトルの水が差しだされた。

ゆっくりと顔をあげると、愛蔵がフッと笑っている。
思わず笑みをこぼし、勇次郎は手を伸ばす。
受けとったペットボトルのなかで、光を跳ねかえしながらチャプンと水がはねた。

『おつかれ――』

magic 6 ～マジック6～

いつか大きな愛となれ

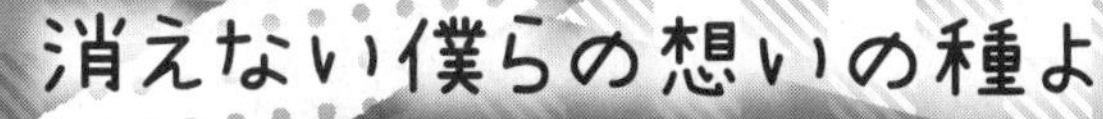
消えない僕らの想いの種よ

♪ magic 6 ～マジック6～ ♫

六月末の日曜、MVの撮影に同行することになり、ひよりは都心から離れた場所にある結婚式場にきていた。

他のスタッフ達といっしょにワゴン車をおりると、「わぁ……」と感動の声がもれる。

物静かな湖畔にあり、白樺の木がまわりをかこんでいる場所だ。

今日はまさに撮影日和で、真っ青な空が広がり、雲の影が湖面に映っていた。

そよ風が涼しくて心地いい。

周囲の景観と真っ白なチャペルが絵になっている。

(こんなところで結婚式できるなんて、素敵だなぁ)

真っ白なウェディングドレス姿の自分と、チャペルで待っていてくれる運命の人――。

そんなことを想像していると、ドキドキしてくる。

「ひよりちゃん、荷物おろすよー」

スタッフの声でパッと現実に引きもどされたひよりは、「はい！」とあわてて返事した。

（そうだ。ぼんやりしてる場合じゃなかった〜〜！）


将来にむけて結婚式場の下見にきているわけではないし、遠足にきているわけでもない。

ワゴン車のバックドアを開いて荷物をおろしているスタッフたちに加わり、大きな旅行用のトランクを引っぱりだす。

「これ、なにがはいってるんですか？」

駐車場に敷いたブルーシートの上に重いトランクをおろすと、スタッフにたずねた。

「ああ、それ？　二人の衣装とか、小物とか色々はいってるよ。今回、三回衣装がえあるし」

「三回も!?」

それでは、衣装だけでもかなりの量になるのは仕方がない。

「あと、靴とか帽子は、こっちね」

そう言いながら、スタッフの女性はひよりの手に箱を積み重ねていく。

落としそうになって、あわててそれを手で押さえた。

（毎回、すごいなぁ……）

「今日は大変だよー？　あっ、そうだ。後で棺桶も到着するから、手伝いよろしくね」

「棺桶⁉」

（誰がはいるんかな……？）

「これ、どこに運びますー？」

「ああ、それ、控え室！」

スタッフがそんなやりとりをしている。

「ひよりちゃん、なか、運んでいいって。先、持ってってー！」

「はーい‼」

返事して、気持ちを引きしめた。

（さぁ……仕事‼）

♪


午前中、野外での撮影がおこなわれているあいだに、ひよりはスタッフといっしょに屋内の飾りつけに走りまわっていた。

階段のあるエントランスホールは、舞踏会の会場として使われることになっている。

丸テーブルを運び、真っ白なクロスを敷くと、花や燭台、シャンパンのボトルなどを飾る。

正面の階段にも赤い絨毯を敷けば、舞台は一通り完成だ。


（次は、チャペルのほうの飾りつけだ）

ひよりは額ににじむ汗を拭い、道具がはいった紙袋を抱える。

機材を設置していたスタッフたちも、「こっち、ＯＫです！」と声をかけ合いながら作業を終えていた。

舞台の整ったホール内を見まわすと、「わぁ……」とため息がもれる。

（本当に、物語の世界みたい！）

クリスタルシャンデリアに、窓から差しこむ光が当たり、七色の光を放っている。

(ここで、舞踏会かぁ……いいなぁ……)

うっとりしながら眺めていると、廊下のほうが急に騒がしくなった。

どうやら、野外での撮影が終わり、みんながもどってきたらしい。

「あーっ、ちょっと、土のついた靴でこっちにはいってこないでください。せっかく綺麗にしたところなんですから!」

女性スタッフに注意され、足を踏みいれようとしていたカメラマンは、「ごめーん」とごまかすように笑っていた。

「お疲れさまでーす」

「お疲れー」

後ろから声をかけられ、ひよりは「あっ、お疲れさまです!」と反射的に返事した。

振り返ると、撮影用の衣装を着た二人だった。

(今の……うちに……言ったの……?)

あたりを見まわしていると、勇次郎が脱いだ帽子をポンとひよりの頭にかぶせてきた。

それにびっくりして、よろめくように一歩さがる。

「これも、よろしく～」

愛蔵がそう言いながら、紙袋を抱えているひよりの腕にステッキを引っかけた。

「ええっ!?　あの……これ！」

オタオタしているひよりに、二人はイジワルな笑みをチラッとのぞかせる。

けれどそれもほんの一瞬で、すぐにいつものそっけない態度にもどっていた。


「次の撮影、午後からだろ？」

「んー……多分」

「じゃあ、もう昼かぁ……今日の弁当なんだろ」

「サンドイッチでしょ」

「なんで知ってんだよ」

「朝、運ばれてるの見たから。ベーカリーの車、停まってたし」

話をしながら立ち去る愛蔵と勇次郎の後ろ姿を、ひよりはポカンとしながら見ていた。

エントランスホール横の廊下を通り、二人は突きあたりの角を曲がる。

控え室にもどって、これから休憩にはいるのだろう。


「うちは帽子かけじゃないのになぁ……」

小声でぼやきながら、ひよりはずり落ちてくる帽子を片手で押さえた。

その頬が、ついゆるんでくる。

(でも……初めてかも……)


二人から挨拶してくれたのは――。


「ねえ……」

そう、ひよりを呼び止めたのは、今日、二人と共演しているアイドルの女の子だった。

「は、はい！」

ひよりは緊張して返事をする。

(わぁ、ホンモノだ。かわいいなぁ……)

最近、テレビのＣＭにも出演しているから、アイドルにうといひよりでも彼女の顔と名前くらいは知っている。

栗色（くりいろ）の長い髪（かみ）がフワフワしていて、赤いドレスがよく似合っていた。

ドキドキして見とれていると、彼女がニコッと笑みをつくる。


「あなた、スタッフの子……よね？　二人と仲いいの？」

「えっ⁉　そんなこと全然……話しかけられたことも、ほとんどないです！」

（いつも、無視ばっかだしなぁ……）


「ふーん……どういう関係？」

「二人の事務所でアルバイトしてて……」

「なーんだ……そうなの」

彼女は途端（とたん）に興味が失（う）せたように、ひよりから目をそらした。

「あの～～……」

（うち、仕事があるんだけどなぁ……）

あまりグズグズしていると、スタッフの人に怒られそうだ。

「それ」

「えっ？　これ？」

彼女が指さしたのは、ひよりがかぶっていた帽子だ。

「衣装さんに渡すんでしょ？」

「あっ、そうだった！」

ひよりはキョロキョロと見まわしたが、衣装係の女性の姿は見当たらない。

「私が渡しておいてあげる」

「えっ！　あ、大丈夫です。さがしますから……」

「いいってば。あなた、他の仕事があるでしょう？」

「でも、これもうちの仕事だし」

ヘラッと笑ってみせると、「あーもう……」という苛立たしげな声が彼女の口からもれる。

「だーかーらー、触って欲しくないの！」

彼女はそう言うと、ひよりからさっと帽子をとりあげた。

（……ええっ⁉）

頭に手をやると、髪がボサッとなってしまっている。

「そうだ……マネージャーに頼もうと思ってたんだけどー……あなた、ヒマそうだからいっか。手袋片方、湖に落としちゃったから拾っておいて。まだ、ボートの近くに引っかかってると思うし」

彼女は帽子を大事そうに腕に抱えながら、無邪気な笑顔で言う。

「あのでも……うち」

（これから、チャペルのほうの手伝いに……）

「午後からの撮影にも使うから、ないと困るの！」

オロオロしているあいだに、「じゃ、よろしくね」と彼女は手をふって、控え室のほうに走っていく。

ひよりは腕にかけていたステッキを見た。

（これもいっしょに、持っていってもらえばよかったかも）

「それより、急ごう！」

ぼんやりしている場合ではないと思い出して、パタパタと駆けだした。

撮影を終えた湖畔には、スタッフの姿はなかった。

桟橋のそばに、ボートが浮かんでいる。

彼女が言ったとおり、赤い手袋は水面から伸びた草のあいだに絡まっていた。

ひよりはボートの上にしゃがむと、ステッキを精一杯伸ばす。

草が邪魔してうまく引っかからない。

何度かチャレンジしてから、「はぁ〜〜」とため息をついた。

腕時計を見れば、もう十二時半。これでは、昼食をとる時間はないだろう。

ひよりはボートの縁に手をかけ、身を乗りだした。

（あと、ちょっと〜〜！）

ステッキの先に手袋が引っかかった瞬間、バランスを崩してボートが大きくかたむく。

「ひゃぁ!!」

悲鳴をあげると同時に、ひよりはドボンと水にはまっていた。

♪ ♥ ♫ ♥ ♪

「ひよこ！　手伝いを放りだして、どこいってたの！」

式場にもどったひよりを待っていたのは、内田マネージャーだった。

彼女は腰に手をやりながら、眉間にしわをよせている。

「すみません……さがしもの……してて……」

ひよりは小さくなって謝った。

ぐっしょりと濡れたスタッフジャンパーから、ボタボタと雫がたれる。

「まったくもー……ちよちゃーん、タオル持ってきて！」

内田マネージャーは通りかかった女性スタッフを呼び止めて指示する。

それから、ため息をつき、もう一度ひよりに視線をもどした。

「着がえは？」

「はい、あります！」

汚れたり、汗をかいたりすることもあるため、Tシャツとジャージズボンの予備は持ってきている。

「車で着がえてらっしゃい。撮影もう始まるから、邪魔にならないところで見学。いい？」

「はい……」

ひよりはうなだれて、しょげた声で返事をした。


スタッフからワゴン車のキーとタオルを受けとったひよりは、急ぎ足で廊下を通り抜ける。

ちょうど控え室からアイドルの子が出てきたので、「あっ！」と声をあげた。

「これ！」

ジャンパーのポケットから赤い手袋をとりだして、駆けよる。

足を止めた女の子は、ずぶ濡れのままのひよりを一瞥してから手袋に目をやった。

「ああ、それ……もういらないから」

「……え？」

（でも、午後からも使うって……）

「汚したら、怒られるのに」

不機嫌に言い捨てて、彼女はフイッと顔をそむける。

その手には、ドレスとおそろいの赤い手袋をつけていた。

衣装係の人が、予備を用意していたのだろう。

「そろそろ、撮影始めまーす！」

男性スタッフが彼女にむかって声をかける。

「はーい！」

彼女はかわいらしく返事をして、小走りに離れていった。

「聞き間違いだったんかなぁ……」

ひよりはつぶやいて、手袋をもう一度見る。

（衣装さんにはうちから謝って……渡しておこう）

♪　♥　♫　♥　♪

休憩時間、ひよりは女性スタッフといっしょに、エントランスホールにむかった。

トレイにのせているのは、コーヒーやジュースがはいった紙コップだ。

エントランスホールでは、出演者の人たちが雑談している。

男性は正装、女性はカラフルなドレスを着ているから、本当に舞踏会のようでホール全体が華やかだった。

（わぁ……すごい……）


「お疲れさまです！」

女性スタッフが声をかけながら、出演者の人たちに、シュークリームやケーキを配る。

（そうだ。見とれてる場合じゃなかった！）

ひよりはトレイを手に出演者の人たちのあいだをまわって、飲み物を渡す。

愛蔵と勇次郎は、階段のそばでスタッフと話をしているところだった。

二人とも真剣な顔なのは、打ち合わせをしている最中だからだろう。


「あと、配ってないのは……」

「ひよりちゃん、こっちー！」

女性スタッフが手招きしていることに気づいて、急ぎ足でむかう。

その時、急にだされた足に引っかかり、ひよりの体が前にかたむいた。

あっと思った瞬間にはトレイを投げだして、ドタンッと音がするほど派手に倒れていた。

その音に、出演者たちがいっせいに振り返る。

（いっ…………たぁ…………）

「きゃあっ‼」

そばに立っていたアイドルの女の子の悲鳴が、ホールに響いた。

ハッとして見れば、彼女の着ているドレスのふんわりとした裾に、コーヒーの黒い染みが広がっている。

「なにするのよ‼」

怒鳴りつけられて、ひよりはビクッとした。

「あーもう……最悪……これからまだ撮影があるのに……」

女の子は泣きそうな顔をして、裾を持ちあげる。

（あっ……どうしよう……謝らないと……）

「あ、あの……ごめ…………」

声がふるえて、うまく言葉がでてこない。

頭のなかが真っ白になっていく。

「大丈夫（だいじょうぶ）!?」

勇次郎がすぐに駆（か）けよってくる。

「すみませーん！　タオル、お願いしまーす!!」

愛蔵が言うと、スタッフたちが急にバタバタと動きだした。

「火傷（やけど）とかしてないよね？　大丈夫？」

心配そうに勇次郎がきくと、彼女は小さく首を横にふった。

「ごめんね……」

勇次郎が彼女の手をとって、申し訳なさそうに言う。

「本当、ごめんな！」

愛蔵も両手を合わせて謝っていた。

その姿を見ていたひよりの胸にズキッと痛みが走った。

「二人のせいじゃないよ……でも、どうしよう、この衣装……怒られちゃう」

「一度、控え室もどる？」

勇次郎が優しくきくと、彼女は涙を拭いながらうなずく。

二人は彼女につきそって、エントランスホールをでていった。

その後を、マネージャーや衣装係のスタッフたちがあわただしく追いかけていく。

ひよりはどうしていいのかわからないまま、その場にペタンと座りこんでいることしかできなかった。


『だーかーらー、触って欲しくないの！』

帽子をとりあげて去っていった彼女の姿が頭をよぎる。

手袋をかえそうとした時の、わずらわしそうな態度も。


（うち、気づいてなかったんだ……なんにも……）

転がっている空の紙コップに目をやる。

それを一つ一つ拾い集めながら、こみ上げてくるものを堪えるように強く唇をかんだ。

撮影が終わり、他のスタッフたちは撤収作業にとりかかっているだろう。

ひよりは作業から外されてしまったことがショックだった反面、少しだけホッとしていた。

今の自分は役立たずだ。

作業に加わっても、また失敗をしてみんなに迷惑をかけるだけだろう。

祭壇の下に隠れ、膝を抱えながら小さくなる。

チャペルのなかにいるのは、ひよりだけだった。

撮影中のにぎやかさなんてウソのようにシンッとしていて薄暗い。


扉がギイッと軋む音が響いてドキッとした。

誰かがはいってきたのは足音でわかったけれど、そこからでられない。

膝に顔を埋めたままじっとしていると、足音は祭壇のほうに近づいてくる。

ゴンゴンと、ノックするように祭壇が叩かれた。

「もしもーし」

そう、面倒そうに呼びかけてきたのは愛蔵だ。

「………うちはただいま留守にしております……」

顔を膝に埋めたまま、小さな声で答える。

「芋女！　もう撮影終わってんぞ。いつまで凹んでんだよ」

「……うちは芋女じゃない…………っ！」

「んじゃ、芋娘」

「…………」

「おいっ、ポテトガール！」

「…………」

「………ごめん…………っ」

ひよりは自分の腕をギュッとつかむと、目をつむって声を絞りだした。

「二人に迷惑かけて……ごめんなさい」

涙ぐみそうになった時、「ハァ……」とため息が聞こえる。

わずかに視線をあげると、勇次郎がひよりの前にしゃがんでいた。

いつから、そこにいたのか。

（染谷君……）


「それで？」

真っ直ぐ見つめてくる勇次郎を、ひよりは「え？」ととまどうように見た。

「僕らにどう、答えて欲しいの？」

そうきくと、勇次郎は淡々と問いかけるような声で続ける。

「大丈夫、気にすることないよって言われたい？」

「…………違う…………！」

「それとも、なぐさめて欲しい？」

「そんなこと、思っとらん！」

ひよりはわずかに動揺して、強く答えた。

「じゃあ、どうして欲しいの？」

そうたずねる声が、イジワルに聞こえる。

本当に――勇次郎はいつも容赦がない。

「……思いっきり怒っていいよ」

ひよりはそう答えて、唇をかんだ。

（うちのせいなのに……………）

二人に謝らせた――。

それだけは絶対にしてはいけないことだったのに。

勇次郎はあきれているのか、少し視線を下げて、ふっとため息をついた。

ひより自身、今の自分が情けなくて、恥ずかしくて――悔しかった。

二人に合わせる顔がない。そう思っていたのに。

うつむいていたひよりのあごを、勇次郎の手がグイッとあげる。

少しも優しくない手つきだ。

ためらうように視線をあげて勇次郎の顔を見た途端に、パチンと両頬を叩かれた。

ジーンとした鈍い痛みが広がり、ひよりは驚いて瞬きする。

「目が覚めた？」

勇次郎はやれやれというような顔になっている。

「うん……」

ひよりは小さな声で返事してから、にじんだ涙をゴシッと手で拭う。

「目が覚めた」

おかげで、ようやくすっきりした気がした。


「ごめん、もう……絶対、足引っ張らんけん!!」

立ち上がろうとして、祭壇の天板にゴンッと勢いよく頭をぶつける。

「いっ…………た!!」

頭を手で押さえながら、ひよりはモゾモゾと這いだした。


「気がすんだかー？」

祭壇に両腕をのせたまま、愛蔵がきく。

「うん……ありがとう！　もう、凹まん」

ひよりは明るい声で答えると、恥ずかしさをごまかすようにヘラッと笑う。

「いつか、なにかやらかすと思ってたけど……予想の斜め上だったよなー」

愛蔵の口もとにニヤッと笑みが浮かぶ。

「まさか、あそこでコーヒーぶっかけるとは思わなかったね」

勇次郎が立ち上がって、「あれ、わざとでしょ？」とひよりを見た。

その口もとにも、からかうような笑みが浮かんでいる。

「足引っかけられたから」

「えっ⁉　ち、違うし！」

ひよりはオタオタしながら手をふって否定した。

「いやぁ、わざとだろ。ド派手にすっ転びながら、思いっきりあの子のほうにトレイぶん投げてたし！」

ひよりは「投げとらんよっ！」と、大きく首をふった。

「投げてたよな？」

愛蔵が勇次郎のほうを見る。

「投げてたね。ドレスめがけて」

そう話をしながら、二人はさっさと扉のほうへと歩いていく。

「ところで、こいつ……どうやって帰るつもり？　スタッフの車、もうないけど」

「えええっ⁉　うち、おいていかれた⁉」

ひよりは、ガーンとショックを受けてから、あわてて二人を追いかけた。

「走って帰るんじゃないの？　楽勝でしょ。いつも走ってるし」

「わあああ〜〜〜ん、待って〜うちも連れて帰って〜〜‼」

ひよりはこけそうになりながら、二人にむかって手を伸ばす。

扉を開けて外にでながら、二人はおかしそうに笑っていた。

まるで魔法のように

magic 7 ～マジック 7～

惹かれ合うんだよ

♪ magic 7 〜マジック7〜 ♫

夏休みにはいると、ひよりは大会の練習にいそがしく、朝から夕方まで部活にでていた。

その後は、みんなの誘いもことわり、制服のまま事務所にむかう。

八月におこなわれるライブにむけて、スタッフたちは準備に追われている。

ひよりも手伝いがあるため、いつもよりも遅くまで残っていることが多い。

愛蔵や勇次郎の姿を見かけたのは、ほんの数回だけだった。

二人とも事務所に立ちよってミーティングに顔をだすと、すぐに内田マネージャーの車で外にでていくから、挨拶もできなかった。


この日も二人と顔を合わせることなく帰ろうとしていると、内田マネージャーに呼び止められた。帰りに二人に届けて欲しいと渡されたビニール袋のなかには、サンドイッチやおにぎり、飲み物がはいっている。

二人がいるからと教えられたのは、ダンススタジオの場所だった。

帰り道だから、立ちよってもそう遅くはならない。事務所のはいっているビルをでて、駐輪場から自転車をとってくると、ビニール袋と鞄をカゴにいれた。

もう、夜の九時すぎだ。薄ぼやけた空に、星の小さな光が点々ときらめいている。

まだ昼間の熱気が残っている生ぬるい風を感じながら、ひよりはペダルをこぎだした。


スタジオがはいっているビルを見つけ、自転車を駐輪場に停めて自動ドアをくぐる。

カウンターにいき、名前と用件を告げると、受付の男性は二人がいるのは四階だと教えてくれた。

すぐに通してもらえたのは、内田マネージャーが先に連絡してくれていたからだろう。

レッスン室のある階に到着したひよりは、キョロキョロとエレベーターホールを見まわす。

かすかに音がもれているレッスン室のガラス張りのドアをのぞいてみると、二人がいた。

曲に合わせ、息のあった動きでステップを踏んでいる。

一通り終えると、すぐにおたがいに気になるところを確認し合っていた。

二人がレッスンしているところを見るのは、初めてのことだった。

学校にいって勉強して、土日も休みなく仕事をして、夜はこうして毎日遅くまでレッスンして。

どれだけ大変なんだろう——。

二人が、どうしてアイドルをやろうと思ったのか。その事情や理由は、なに一つ知らない。

けれど、二人がどれほどこの仕事にかけているのか、それだけは見ていればわかる。

ひよりはドアに触れていた手を、ギュッと握った。

二人は休憩する間もなく、もう一度、曲に合わせて通しで振り付けを確認している。

それを、何度も、何度も繰り返す。

流れ落ちる汗を、Tシャツの袖で拭いながら、少し前屈みになって一息ついている姿に、なぜか少しだけ胸が苦しくなった。

なかにはいっていけるような雰囲気ではない。

それに、集中しているのに、邪魔をしたくはなかった。

「あれ、どうしたの？」

エレベーターからおりてきた女性が、ドアの前にたたずんでいたひよりに声をかけてきた。

ひよりはパッと振り返り、あわてて手にさげていたビニール袋を見せる。

「これ……内田マネージャーに届けるように言われて！」

「ああ、アルバイトの子よね？」

「はい！」

ひよりは緊張して返事する。

「二人とも、休憩中のはずなんだけど……まだやってる？」

女性はひよりの後ろからヒョイとスタジオのなかをのぞき、「やってるなぁ」とつぶやいた。

それからひよりを見て、ニコッとほほえむ。

「もうちょっとしたら終わると思うから、そこの休憩室で待ってて」

ひよりは、「えっ!?」とあせった声をあげた。

「でも、うちはこれを渡すだけで……」

「じゃあ、なかにおいといてくれたらいいから」

女性はドアを開いてレッスン室へとはいっていく。どうやら、講師の先生のようだ。

先生は後ろから、練習している二人の姿を眺めていたけれど、曲が終わると前にでてリズムをとりながら動いてみせる。

すぐに二人とも後に続いて動きの確認をしだしたから、まだまだ終わりそうにはない。

ひよりは隣の休憩室にむかい、遠慮がちにドアを開いてなかをのぞいてみた。

更衣室もかねているのだろう。ロッカーがならび、椅子と机がおかれている。

机の上に投げてあるのは二人のバッグだ。

隣のレッスン室からは、音と声がもれてくる。

ひよりは、ビニール袋を机の上においた。

待っている理由なんてない。もう夜の十時前だ。届ければ自分の仕事は終わり。

早く帰って、お風呂にはいって、ご飯を食べて。

ベッドにはいって、友達に連絡して雑談して――。

明日に備えて早く寝る。

そう思っていたのに。

壁際に、ストンと腰をおろす。

聞こえてくる曲に、自然と足がリズムをとっていた。

じっとしているのも落ち着かなくなってきて、「ちょっとだけやってみよう」と立ち上がる。

「こう、かな……？」

何度か見た二人の動きを少しだけ、とマネてみた。

口で、「一、二、三、四……」とリズムをとりながらステップを踏む。

すぐにわからなくなって、足がもつれそうになり、よろめいた。

「むずかしいなぁ……」

つぶやいて、ふーっと息をはく。


「よし……っ」

ひよりはクイッと顔をあげ、二人の動きを思い出しながら最初からやってみる。

ダンスの経験なんてないから、簡単なステップすらうまく踏めない。

繰り返しやっているうちに、少しずつわかってきた。

小さな声で歌を口ずさむ。のってくると楽しくて、笑みがこぼれた。

トントンとステップを踏みながらクルッとまわると——。

「イエーイッ」

調子にのってこぶしをふりあげてみる。

その時、「クッ！」と笑う声が聞こえた。

びっくりしてふりむくと、二人がいつの間にかドアのそばに立っている。

（み…………見られてた～～～～！）

こぶしをふりあげたまま、ひよりはカチーンとかたまった。

「イエーイッて……なにやってんだ？」

愛蔵が腹を抱えながら、遠慮なく笑いだす。

「っていうか……それ、どこの盆踊り？」

勇次郎も笑いを堪えているのか、唇のはしがわずかにあがっていた。

こぶしをさっと後ろに隠したが、いまさら遅いだろう。顔がジワジワと赤くなった。

「おまえさー。マネするのはいいけど、全然違ってるぞー？」

「ちょ、ちょっと見ただけだから、ちゃんと覚えとらんもん……」

ひよりはモゴモゴと口ごもるように答える。

二人はからかうような笑みをにじませながら、そばにやってきた。


「じゃあ、もっかい。最初から。今の盆踊り」

勇次郎が腕を組みながら言う。

「盆踊りじゃない〜〜！」


「ここ、狭くねー？　ぶつかりそうだし」

休憩室を見まわす愛蔵に、「あっちでやる？」と勇次郎がきく。

「そーだな。いくぞーっ」

愛蔵はひよりのポロシャツの襟の後ろをつかんで、グイッと引っ張った。

「なんで、うちも——!?」

（うち、おにぎり届けにきただけなのに〜〜！）

ほんの少し、やってみただけだったのに――。

レッスン室に連れこまれたひよりは、二人に「なに、そのたこ踊り」だの、「おまえ、芋すぎ！」などと散々言われながら、振り付けを最初から最後まで教えこまれる。

しかも、途中からは講師の先生まで加わって、本格的なレッスンが始まってしまったものだから、帰るに帰れなかった。

二人とも最初は面白がって笑っていたのに、途中から本気でやり始めるから、ひよりもついていくのに必死だった。

時刻はもう十一時前だ。

最後にもう一度通すと、二人は示し合わせたように「イエーイッ！」とこぶしをふりあげる。

つられるようにこぶしをあげかけたひよりは、赤くなってあわてておろした。

（やっぱり、うちを笑いものに………！）

「ＯＫッ。ひよりちゃん。よくついてこられたねー」

先生が手を叩きながらやってくる。

「まあ、一時間でこれだけやれたら上出来、かもね」

勇次郎がタオルを首にかけながら、ふっと笑う。

ひよりはそんな勇次郎の言葉に少し驚いた。

（滅多に褒めてくれんのに……）

「愛蔵よりは覚えが早かったし」

勇次郎は意地の悪い顔になって、チラッと愛蔵を見る。

愛蔵が、「はぁ⁉」と横目でにらんだ。

「おまえよりはキレがよかったんじゃねーの⁉」

「そっちなんて、まだ、覚え切れてないじゃん。時々、間違えそうになるのごまかしてるし」

「寝ぼけて踊ってるから、見間違えたんじゃねーの？」

口喧嘩を始める二人に、「また、始まった」と先生は笑っている。

二人で練習していた時のような、ピリピリとした雰囲気はない。

そのことに、ひよりは少しほっとする。これが、ひよりの知っているいつもの二人だ。

軽口を叩き合っているくらいのほうが、この二人らしい。


ビルをでると、「よーし、うちもがんばるぞーっ！」とこぶしをふりあげる。

ライブまで、あと少しだ。

「なに、叫んでんの？」

「ライブでんの、おまえじゃないだろ」

自動ドアが開いて、スポーツバッグをさげた勇次郎と愛蔵がでてくる。

追い越して歩いていく二人を、ひよりは「あの！」と、呼び止めた。

足を止めた勇次郎と愛蔵が、「「んー？」」と振り返る。

風が少しだけ二人の髪を揺らしていた。


「あの……っ、うち……」

緊張した手をギュッとにぎりしめると、ひよりは二人を真っ直ぐ見つめる。

「二人のこと……すごいって、思ってるから！」

（本当に、すごいよ……）

まわりから期待されて、その期待に応えるために毎日どれだけ努力しているか。

それがどれだけ、大変なことか——。

最初はなにも知らなかったし、なにもわかっていなかった。けれど、今は違う。

「急になんだよ？」

「応援……したくて」

ひよりは照れ隠しに笑ってみせる。

二人は少し驚いた顔をしていたが、ふっと表情を和らげた。

わかっているというように、軽く片手をあげて歩きだした二人の背中にむかって、ひよりは

「がんばれ……」と小さな声でつぶやいた。

二人の背中を少しだけでも押したくて——。

ライブ当日の朝、ひよりが目を覚ましたのは、目覚まし時計の鳴る一時間も前だった。

もう少し寝ていてもよかったのに、落ち着かなくてベッドを抜けだし、カーテンを開く。

窓を開いてベランダにでると、朝の空気をいっぱいに吸いこんでグッと伸びをした。

「よし、がんばるぞ――っ!!」

ひよりは気合いをいれるように声にだし、空を見上げる。

六時前なのに、空はすっかり明るい。表の通りを、ランニングしている人がいる。

じっとしていられなくて、「走ってこよう！」と部屋に引きかえした。


事務所によってスタッフたちのミーティングに参加し、みんなといっしょに会場にむかうと、最後のリハが始まったところだった。

二人もステージのほうにいるのだろう。

顔を合わせる暇もなく、ひよりは裏方の手伝いに走りまわっていた。

あっという間に昼になり、届いた弁当を受けとって楽屋に運ぶ。

引き返す時、ステージからもどってきた二人と廊下ですれ違ったけれど、声をかける余裕はなかった。

二人は他のスタッフたちと話をしながら、楽屋へとはいっていく。

それを見送ってから、「うちも、お昼食べんと！」と駆けだした。


ライブの開始は夕方だが、グッズの販売は十二時からだ。

外に設置されたテントの前には、ファンの子たちが列をつくっていた。

それを見ると、自分がステージに立つわけでもないのに緊張してくる。

「二人も緊張とか……するんかな？」

足を止めていると、スタッフが「こっち！」と、手をあげて呼ぶ。

ひよりはあわてて、トラックの停まっている駐車場のほうへと走りだした。


夕方、五時。開場になると同時に、今日のライブをみにきた人たちが、続々とはいってくる。

手に愛蔵や勇次郎の名前を書いたうちわを持っている子たちもいた。

みんな、ライブが待ちきれないというように、楽しそうに話をしている。

二人の等身大パネルの前では、女の子たちがはしゃぎながら写真を撮(と)っていた。

みんな、この日を楽しみにしてきてくれた。

暑いなか何時間もならんで、グッズを買って、開場になるのをずっと待ってくれていた。

大勢のスタッフたちもそうだ。

この日のために、毎日、毎日、遅(おそ)くまで残って準備をしてきた。

このライブを成功させたくて。きてくれるみんなを、少しでも楽しませたくて。

あの二人も――。

ようやく一通りの仕事が片付いて、一息つくことができたのは、ライブが始まって一時間半ほどたった時だった。そのあいだ、なかの様子は一度も見ていない。
通路を通る時に、かすかに漏(も)れ聞こえてくる歓声(かんせい)やバンドの演奏を聞いたくらいだ。

楽屋がならぶ裏の通路の突きあたりに、椅子と自動販売機のおかれた休憩スペースがある。

ひよりは自動販売機でオレンジジュースを買うと、椅子にストンと腰をおろした。

ライブが終わった後も片付けがあるため、「今のうちに休憩しておいで」とスタッフの人が声をかけてくれた。

といっても、それほどゆっくりしていられるわけでもない。

ライブが終わる前にもどらなくてはならないから、せいぜい十分ほどだ。


楽屋からでてきた内田マネージャーが、「こんなとこにいたの？」と声をかけてきた。

ひよりは飲みかけのペットボトルを手に、あわてて立ち上がる。

「あっ、はい！」

「ああ、いいの、いいの。休憩中でしょ」

内田マネージャーは手をヒラヒラとふって、そばにやってきた。

「そういえばアルバイトって、今月までよね？　いつまでだっけ？」

「あさってまでで……」

ライブの片付けが終われば、それで終了だ。

「ああっ、そっかー……そうよねー学校があるし……」

内田マネージャーは腰に手をやり、少しのあいだ考えていた。

「それじゃ、ライブ終わるまで仕事はいいから……なかでみてきなさい」

ひよりは「え？」と、彼女の顔を見る。

「二人のライブ、せっかくだから……ああ、でも、後ろからはいんなさいよー。こっそり」

ひよりの背中をポンと叩いて、内田マネージャーは楽屋にもどっていく。

「あっ、ありがとうございます！」

ひよりはあわてて、頭をさげた。


ライブも終盤、残す曲はあと一曲ほどだろう。

ひよりは急ぎ足でホールにむかう。後ろのドアからそっとはいると、観客席を埋めつくすペンライトと、ステージを眩しいほど照らしている照明が目に飛びこんできた。

圧倒されそうなほどのバンドの演奏と、二人の歌声がホールに響く。

二人はこぶしをふりあげると、おたがいに目くばせしあって笑った。

その姿に、「わあああ――――っ!」と歓声があがる。

二人とも、今まで一度も見たことのないような、弾けるような笑顔だった。

それが背後の大型モニターに映しだされている。

ひよりは気づくと、その画面から目が離せなくなっていた――。


『お前も俺の足引っ張ってんじゃねーよ』

『昨日のこと、人にバラしたらどうなるか、わかってんだろーな』

そんなふうにこわい顔で言われてショックを受け、放心していたのは入学式の日のことだ。

あの時は、ただただびっくりして、わけがわからなくて、こんな人たちには近づかないようにしようとかたく決意していたのに。


『うちは、やる気ある!!』

ようやく受かったアルバイトが、二人の所属していた芸能事務所だったなんて、まったく知らなかった。

アイドルのことも、芸能界のこともなに一つ知らないのに。
二人に散々言われて、それが悔しくて、ついムキになってそう言った。
『自分の価値は、自分で証明してみせなよ』
あの時、そう言ったのは勇次郎だ。

（うち……少しは、二人の役に立てた？）
思い返してみると、足を引っ張ってばかりだった気がする。
撮影の時、派手にこけて、女の子のスカートにコーヒーをかけてしまったこともある。
あの時、チャペルの祭壇の下で落ちこんでいたひよりを、二人は迎えにきてくれた。
いつもイジワルなことばかり言うくせに、ほんの少しだけ優しい時もある。
からかう時の楽しそうな顔や、レッスンをしている時の真剣な顔。
撮影中にみせる、ほんの少し大人びた顔も。
この短いあいだで、二人の色んな顔を、ほんの少しだけ知った――。
二人は広いステージを走りながら、歓声に手をふって応えている。

「やっぱり……かっこいいなぁ……」

そんな言葉がポロッと、口からこぼれた。

胸がどうしようもなく熱くなってくる。

ファンのみんなが、二人に夢中になる理由がわかる気がした。


ファンのみんなの夢を全部叶えるために。

本当にするために。

理想であるために。


(それが、二人の『夢』なんだ)


途方もなく、大きな夢。

そんな二人の追いかける夢を、ほんの少しだけ、いっしょに見られた気がした。


パンッと音が弾け、銀テープが観客席にむかって放たれる。

みんながわっと声をあげて、キラキラ光りながら落ちてくる銀テープに手を伸ばしていた。

「みんな、ありがと――――っ!!」

二人はおたがいに手をとると、深く頭をさげる。

二人を呼ぶ声や歓声がホールに広がった。

アンコールの手拍子に、愛蔵と勇次郎が思わず顔を見合わせている。


この二人といっしょに、この夢をまだまだ見ていたい。

誰もが、そんな想いでいる。


このライブが終わり、片付けが終われば、ひよりのアルバイトも終わりだ。

その先は、きっと二人と関わることもない。

学校で会っても、二人は相変わらずそっけない態度だろう。

話すこともないかもしれない。

友達と他愛ない話で盛り上がり、放課後は部活に打ちこんで、アパートに帰る。

当たり前だった日常にもどるだけ。

（ああ、でも……二人のライブには、いきたいなぁ……）

今度は他の子たちと同じ、ファンとしてだ。

（うちもうちわとか持って、二人の応援するんかな）

二人は観客席のひよりに、一瞬でも気づいてくれるだろうか。

気づいても、『なにやってんだ？　こいつ』という顔をされそうな気がした。

そんな姿を想像すると、少しおかしくて笑いそうになる。

それなのに、瞳が潤んできて、ポロポロと涙がこぼれていた。

アンコールの曲にはいったのに、これで最後なのに。

視界がかすんで二人をちゃんと見られない。

顔もあげられなかったのは、涙が止まらなくなる気がしたからだ。

最初は生活のため。生きるため。

そんなふうに思って始めたアルバイトだったのに。

いつの間にか、こんなにも夢中になっていた――。

そして重なり合うんだ

僕の物語と

magic 8 ～マジック８～

♪ magic 8 ～マジック８～ ♫

ライブが終わり、片付けや撤収作業を終えると、駐車場のトラックに荷物を積みこむ。

すべての作業が完了したのは夜の十時すぎだった。

トラックがでていくのを見送ってもどろうとした時、関係者通用口のほうからにぎやかな声が聞こえてきて立ち止まる。

(あれ……みんな、まだ帰ってなかったんかな?)


ライブの興奮が冷めないのか、ファンの子たちが集まり、携帯を手に写真を撮り合っている。

そのうちに、通用口のドアが開いた。

「キャアア――――ッ!!」

ひときわ大きな声をあげて、ファンの子たちがいっせいにつめかける。

着がえを終えた勇次郎と愛蔵がでてきたところだった。

いっしょにいたスタッフの制止をふり切って、ファンの子たちが二人をとりかこむ。

愛蔵と勇次郎はそのなかでもみくちゃにされて、あっという間に身動きできなくなっていた。

警備員が二人の通る道をつくろうとしているが、写真を撮ることに夢中になっている子たちは、「そこ、通して！」という声も耳にはいらないようだ。

「ごめん、ちょっと通して！」

愛蔵が苦い顔をしながら声をあげる。

勇次郎が押されて、愛蔵の背中にぶつかっていた。


「ひよりちゃん、ここにいて！」

スタッフの女性がそう言い残して、二人のもとへ駆けよっていく。

二人をガードするのも、スタッフの役目だ。

「うちだって！」

短期のアルバイトとはいえ、今はスタッフの一人だ。

ひよりはグッとこぶしをにぎり、足を踏みだした。

(これくらい、たまごのセールと、お昼休みの売店にくらべたら!!)

ひよりは「えいっ！」と人垣に飛びこむ。

右や左から押されて転びそうだった。

身をかがめ、ファンの子たちのあいだをぬうように移動する。

ようやく二人が見えて立ち上がると、邪魔とばかりに突き飛ばされた。


「わっわっ、わっ!!」

倒れそうになって、よろめくように前にでる。ぶつかったのは、勇次郎の肩だった。

勇次郎は目が合うと、一瞬驚いてなにかを言いかける。

その腕を、ひよりはガシッとつかんだ。

クラスの誰かがこの場にいたら、どうしてひよりがスタッフのTシャツを着ているのか疑問に思うだろう、なんてことも考える余裕はなかった。


「こっち!!」

そう言って、勇次郎を力一杯引っ張る。

「きゃああ――!」

まわりから声があがる。無理矢理、群がっているファンの子たちのあいだを抜けると、勇次郎の腕をとったまま走りだした。

「えっ、ちょっ……なに⁉」

「誰⁉」

「スタッフの人⁉」

「えっ、でも、めちゃくちゃ……足、速くなかった⁉」

「勇次郎君が、さらわれた――！！！」

ファンの子たちが携帯を手にざわつく。

「ごめん、ちょっと……ごめんな‼」

愛蔵はぼう然としている女の子たちのあいだを通り抜けると、「ったく」とつぶやいて駆けだした。

「あっ、愛蔵君まで逃げた――‼」

ハッとしたファンの子たちが、声をあげていっせいに追いかけようとする。

スタッフたちがあわてて壁をつくり、それを阻んでいた。

ひよりは息を弾ませて走りながら夜空を見上げる。
晴れているからか、いつもよりも星がくっきりと見えた。

走るのがずっと、好きだった。
スタートラインに立つ時の緊張感や、走り切った時の達成感。
ゴールを目指して走っている時のつらさや苦しさですら、きらいではなかった。

ゴールした時にはヘトヘトなのに、またすぐに、次のゴールにむかって走りだしたくなる。
自分がどこまで走れるのか試してみたくて、また最初の一歩を踏みだしたくなる。

陸上をもっと続けたくて、家を離れ、東京にでてきた。
桜丘高校に入学して、陸上部にはいって、毎日練習をして、大会にでて結果をだす。
時々は、友達といっしょに遊んだり、クレープを食べにいったりもする。

高校生活は三年間もある。そのあいだに、誰かと恋に落ちることだってあるかもしれない。最初に思い描いていたのは、そんな普通の学園生活だったのに——。

「ちょっ……ちょっと、待って……涼……海！」

かすれた声で呼ばれて、ひよりははっと我にかえった。

ようやく足を止めてふりむくと、勇次郎が膝に片手をつきながら、「ハーハー……」と肩で息をしている。その額から汗が流れ落ちていた。

「わぁ〜〜〜、ごめん、染谷くん!!」

ひよりはあたふたしながら、勇次郎の腕をはなした。

勇次郎の腕をつかんでいたことをすっかり忘れて、つい全力で走ってしまっていた。

「……どこまで、いくつもり？」

勇次郎は苦しそうな顔をあげてきく。

「えっ!?」

まわりを見れば、家やマンション、アパートがならぶ住宅団地のなかだった。

通りかかる人の姿もなく、犬が吠えているのがかすかに聞こえてくる。

「ここって……どこ〜〜〜〜⁉」

まったく見覚えのない川ぞいの道だ。

走ることに夢中になっていて、どの道を通ってここまできたのかすら覚えていない。

「そうだ、連絡……って、うち、携帯を休憩室においてきたんだった〜〜！　染谷君、持ってる⁉」

ひよりはオロオロしながら勇次郎にきく。

「持ってない。荷物のなか」

「え〜〜⁉　じゃあ……うちら、迷子⁉」

携帯もないのでは、内田マネージャーに連絡して迎えにきてもらうこともできない。

そのうえ、財布もバッグのなかだ。身軽なかっこうの勇次郎もそれは同じだろう。

「うちのせいだ……ごめん……染谷君！」

さっきは、とにかく勇次郎をあの人だかりから連れだすことしか頭になかった。

勇次郎も『なにやってるの』と、あきれているだろう。

なにを言われても仕方がない。

ギュッと目をつむっていると、「クッ……」と声が聞こえた。

「…………っ…………ふふふっ………」


(……え？)

おそるおそる目を開くと、勇次郎が口もとに手をやって下をむいている。

「染谷……君？」

「くっ……あはははははははは――――っ!!」

我慢(がまん)できなかったのか、勇次郎は思いっきり笑いだした。

その声が、静かな住宅地に響(ひび)く。

こんなふうに笑う勇次郎を見たことがなくて、ひよりはびっくりしてその顔を見つめる。

(もしかして……笑い上戸の……人だった？)

「あはははははっ…………！！！」

「わ、笑っとる場合じゃないって！」

「おかし…………っ、涼海って、予想外……」

勇次郎は小声で言い、目頭ににじんだ涙を拭う。

笑いすぎて苦しくなったのか、片腕で腹を押さえていた。

(びっくりさせられてばかりだなぁ……)

初めて見かけた時からそうだった。とまどうことばかり。

ひよりは、口もとをゆるめる。

その時、「おいっ」と声が聞こえて二人は振り返った。

「おまえら、どこまでいくんだよ!」

「あっ、柴崎君!」

「あっ、じゃねーよ。走るの速すぎ。途中どこいったかわかんなくなっただろ!」

「ご、ごめん!」

「まあ、おかげで……脱出できたけど。あんま、突っ走んな!」

軽く小突かれて、ひよりは首をすくめた。

見慣れた車が、クラクションを鳴らしながら三人のそばで停まる。

運転席からおりてきたのは、内田マネージャーだ。

「まったく……あんたたち、見つけるの大変でしょー？」

「す、すみません！」

「まあ、でも今日は……ひよこにしては上出来。よくやった」

内田マネージャーがニッコリ笑って、ひよりの肩をポンと叩く。

「ひ、ひよりです……」

いくら訂正しても、内田マネージャーのなかでは『ひよこ』らしい。


「ほらー、あんたたちも車に乗って。帰るよ！」

「俺らの荷物はー？」

愛蔵が車の後部座席のドアを開きながらきく。

「全部、事務所に持って帰ってもらってるから。勇次郎ー。あんた、携帯、ちゃんと持っておきなさいよ。こういう時困るんだから！」

「はーい」

勇次郎はいつもの少し面倒そうな顔にもどって返事をしていた。

内田マネージャーが、運転席のドアに手をかけたままひよりを見る。

「ひよこー。どうしたの。おいていくわよー？」


事務所にもどれば、片付けがある。

二人と話をする時間も、内田マネージャーと話をする時間もないかもしれない。

「あの！」

ひよりはギュッとにぎりこぶしをつくった。

内田マネージャーも、愛蔵と勇次郎も、車に乗らずにひよりのほうを見ている。

「あの……」

三人にジッとみられると、声が自信をなくしたように小さくなった。

また、あきれられるかもしれない。

最初の時のように、『ムリ！』と言われるかもしれない。

でも――。

やりたい。やってみたい。陸上以外で初めて抱(いだ)いた『夢』だ。

「――なに？」

勇次郎の声にうながされるように、「うちは……」と勇気をふりしぼって口を開く。

「自分の価値なんて、まだよくわからんけど……二人の役に立ちたい！」

二人のがんばりを見て、ライブをみて、強くそう思った。

ひよりは真剣な顔で二人を見る。

「二人がちゃんと必要だって思ってくれるように、がんばりたい！」

いっしょに、どこまでも走ってみたくなった。

二人が追いかける夢を、二人が見たい景色を――いっしょに、見てみたくなった。

「だから……このアルバイト……続けさせてください」

ひよりは、「お願いします！」と頭をさげる。

少しのあいだ、三人とも黙ったままだった。

（やっぱり……ダメ、なんかなぁ……）

ひよりはギュッと目をつむる。

ライブが終わるまで、という契約の仕事だ。

ライブが終われば、もう――。

「やらせてみれば？」

ポッツと言ったのは勇次郎だ。ひよりは弾(はじ)かれたように顔をあげた。

（染谷君……）


「他(ほか)の人がくるのも、面倒だし」

「まあ……体力だけはあるよな？　足、ムダに速いし」

愛蔵も頭の後ろに手をやりながら、ボソッとした口調で言う。

「どうせまた、すぐ次のライブがあるしね」

「今度のライブ……こいつが勇次郎のかっこうしてさ。ダッシュして出待ちの子を引きつけているあいだに、俺らが素早(すばや)く車に乗りこむ……とか？」

「いいね、それ」

二人はひよりを見て、示し合わせたようにニヤッと笑う。

「ええっ⁉　うち、おとり役⁉」

「これから、僕ら、いそがしくなると思うけど……やれんの？」

勇次郎がひよりを見てたずねる。

ひよりは少しだけ返事を迷ってから、「うん、やる！」と大きくうなずいた。

「うちは、やる気ある！」


アルバイトに合格して事務所にきた時には、なにもわかっていなかった。

でも、今は違う。本気でやりたい。

二人も仕事に勉強、レッスンと毎日こなしている。

やりたいことを全部やるために、今ある時間を目一杯使っている。

（うちも、やりたいこと全部やりたい！）

学校も、陸上も、アルバイトもなんて、大変なことはわかっている。

できるかどうかなんて、正直わからなかった。

でも、きっと『今』は一瞬だ。

もっと、もっと、二人みたいに欲張りに生きてみたい。


「……って、言ってるけど？」

「雇うのは僕らじゃないしね」

愛蔵と勇次郎がチラッと、内田マネージャーのほうを見る。

「あんたたちがいいって言うなら、私はダメとは言えないでしょ？　それに、求人広告にちゃんと書いてあったわよー？　契約更新（こうしん）アリって」

内田マネージャーはニヤッと笑って、スーツの内ポケットから契約書をとりだす。

「事務所にもどってから、話そうと思ってたんだけど」

「あ……ありがとうございます！　うち、がんばります！」

ひよりは契約書を受けとると、バッと深く頭をさげた。

嬉（うれ）しくて、その目頭（めがしら）に涙（なみだ）がにじむ。

ほんの少しは――。

ほんの少しだけは、二人に認めてもらえたのかもしれない。

♪ epilogue ～エピローグ～ ♫

十一月の文化祭の日――。

朝から正門のところに大きなアーチ形のゲートが設置されていた。

『桜丘高校文化祭』と虹色の文字で描かれ、カラフルな風船が飾られている。

校舎のまわりには、模擬店のテントがならび、文化祭開始と同時においしそうなにおいを漂わせていた。

歩いている生徒たちの大半は、文化祭のテーマに合わせて、童話にでてくる登場人物の仮装をしていた。芋虫の着ぐるみを着ている生徒や、妖精のかっこうをしている生徒など、みんな思い思いのかっこうで楽しんでいる。

ひよりのクラスの催しは、洋館を舞台にした『ホラー・ハウス』だ。

大掛かりなセットが必要だったため、当日になってもまだ準備が終わっておらず、クラスのみんなは朝早くからバタバタしていた。


ようやく、準備が終わり、お客さんがはいり始めたのは十時前のことだ。

ひよりは入り口の脇におかれた受付の椅子に、ちょこんと座っていた。

手に持っているのは、『絶叫必至！　恐怖の館』と書かれた看板だ。

入り口の前には、愛蔵と勇次郎目当ての生徒たちが行列をつくっている。

なかでは、「キャア――――ッ」と悲鳴があがっていた。

廊下にまで漏れるその声に、ひよりはびっくりする。

暗幕がかかっているから、なかの様子はのぞけない。


(でも、この悲鳴って……)

恐怖におののく悲鳴、という雰囲気ではない。むしろ、その逆だ。

「あ――、もう、やっぱりかっこいい――っ!!」

「ヤバいね!!」

「あとで、写真撮らせてくれないかなー」

後ろの出口からでてきた女の子たちが、嬉しそうにそんな会話をしていた。

（うーん、恐怖の館なんだけどなぁ……）

これもある意味で、『絶叫必至』ではある。看板にいつわりなしだ。


「ひよりちゃん」

声をかけられ、ひよりはパッと振り返った。

足を止めた雛が、「すごい悲鳴だね」と目を丸くしている。

「瀬戸口先輩！」

ひよりはガタッと椅子を引いて立ち上がった。

「先輩、そのかっこうって、もしかして……ティンカーベル⁉」

ひよりがきくと、雛は少し恥ずかしそうに顔を赤くする。

「一応……ね」

「か、かわいい‼」

ひよりは瞳を輝かせた。

キラキラしたスパンコールが衣装全体にちりばめられていて、背中から透き通った羽が四枚ピョンッと伸びていた。それが雛にはよく似合っている。

「瀬戸口先輩のクラスって劇をやるんですね。そういえば、榎本(えのもと)先輩は？」

ひよりはキョロキョロとまわりを見る。

「虎太朗(こたろう)なら、クラスの手伝いしてるよ」

「榎本先輩もなにかの仮装を？」

「あー……うん……ピーターパン……かな？」

雛は言いにくそうに、声を小さくする。

（ティンカーベルと、ピーターパン!?）

二人ともイメージとピッタリで、ひよりは「いいなぁ」と、つぶやいた。

ならんでいたら、きっとお似合いだろう。

「ひよりちゃんの仮装は……えっと……犬？」

「オオカミオトコです！」

ひよりは胸を張ってそう答えた。

灰色のモフモフとした毛におおわれた衣装だ。フードの部分には耳もちゃんとついているし、後ろには尻尾(しっぽ)もついていた。

ただ、サイズが大きいため、かぶっていると目もとまで隠れてしまう。

「でも、誰にもこわがってもらえんの、なんでなんかなぁ……？」

ひよりは首をひねる。せっかく、一週間かけて縫いあげた自信作の衣装だったのに。

クラスの女子たちにも、笑われただけだった。

「こわくはないけど……かわいいから、いいんじゃない？」

「本当ですか⁉」

「うん、よくできてるし」

雛はニッコリ笑うと、「じゃあ、あとで遊びにくるね」と手をふってその場を離れる。

(瀬戸口先輩に褒められたぁ)

ひよりはヘラーッと頬をゆるめた。

それだけで、この一週間の苦労が報われるというものだ。

不意にポケットにいれていた携帯が鳴り、あわててとりだす。

(えっ、内田マネージャー⁉)

びっくりして、ひよりはキョロキョロとあたりを見まわした。

看板をおいて、急ぎ足で廊下を通り抜ける。ここで仕事の電話にでるわけにはいかない。

階段の下に移動してから通話ボタンを押すと、「でるの遅い！」と声が飛んできた。

「すみません！　今……学校で、文化祭で…………！」

携帯を耳に当て、オタオタしながら答える。

階段をおりてくる女子に気づいて、つい声が小さくなった。


「仕事よ、ひよこ‼」

「えっ、これから⁉」

思わず大きな声がでてしまい、まわりを見る。

「あの二人、招集してらっしゃい」

「えっ⁉」

切れてしまった携帯を見つめて、「仕事ってなんのだろう？」と首をかしげた。

それから、「こうしている場合じゃない！」と思い直して走りだす。

「ひよりちゃーん、そろそろ交代の時間だよー」

教室に引きかえすと、入り口のそばでクラスの女子が待っていた。

「これ、お願い〜〜！」

ひよりは『恐怖の館』の看板を渡すと、暗幕をくぐってなかに飛びこむ。


♪

♥

♫

♥

♪


血の飛び散った痕や、蜘蛛の巣が描かれたレンガの壁の絵が続いている。

細い通路を駆け抜けると、ひよりは仕切りになっている扉を開いた。

その先は中庭ゾーンになっており、墓石や棺桶がならんでいる。

風の音や不気味なうめき声が薄気味の悪さを演出していた。


「そ、染谷くーん…………」

ひよりはビクビクしながら進んでいく。

（このあたりにいるはずなんだけど……）

見まわしてみても、人のいる気配はない。

（隠れてるんかな？）

薄暗くて、足もとがよく見えず、なにかにつまずいてドタッとこける。

その時、館ゾーンの扉が勢いよく開き、愛蔵が駆けこんできた。

「し、柴崎君！」

「勇次郎は⁉」

館のなかのほうで、「キャーッ、こっちむいて！」と女子たちが騒いでいた。

愛蔵は急いで扉をしめると、あたりを見まわした。

黒と赤の吸血鬼の衣装が、実によく似合っている。

クラスの女子たちが、男子たちにドン引きされるほどの結束力を見せて縫いあげた衣装だ。

「さっきから、うちもさがしてるんだけど」

「どこいってんだ……！　ライブの準備しなきゃいけないのに」

愛蔵が苛立たしげにもらすのをきいて、ひよりは「えっ⁉」と驚きの声をあげた。

「ライブ⁉　どこで？」

「体育館で。午後から！」

「ええっ⁉　そんな話、きいとらんよ〜〜！」

それに、文化祭実行委員会が配布しているパンフレットにも、二人のライブが開催されるなんて情報は記載されていなかった。

「俺だって、きいてねーよ」

顔をしかめながら、愛蔵は携帯をとりだす。勇次郎にかけているのだろう。

どこからか着信音がかすかに聞こえてきて、二人は顔を見合わせる。

「あれ、ここだ……」

ひよりは立ち上がり、携帯の音が聞こえてくる場所をさがす。

愛蔵が「あっ」という顔をして、墓石の裏におかれている棺桶に駆けよった。

ガバッと蓋を開くと、棺桶のなかから携帯の音が鳴り響いている。

「えっ、そこ⁉」

そばにいってのぞいてみれば、勇次郎がなかで丸くなって寝ていた。

愛蔵が片手で額を押さえ、「はーっ」と息をつく。

「染谷君！」

「おい、起きろー」

二人の声がうるさかったのか、勇次郎が「ん……」と、顔をしかめる。

それからうっすらと目を開け、棺桶をのぞきこんでいる愛蔵とひよりを見た。

「……なに？」

「なに、こんなとこで堂々とサボってんだよ！」

「ん――……面倒くさかったから」

まだ眠そうな顔をしながら、のっそりと起きあがってくる。

そのかっこうもデザインは少し違うが、愛蔵とおそろいの吸血鬼の衣装だ。

頭にちょんと小さな帽子がのっているが、寝ていたせいでかたむいている。

「染谷君、ライブ!!　ライブ!!」

「……は？」

勇次郎は、『なに言ってるの？』というような顔でひよりを見た。

「仕・事・だ」

愛蔵はそれだけ言うと、勇次郎の襟をつかんでグイッと引っ張りあげた。

パンダの着ぐるみを着たひよりは、『LIP×LIPライブ開催！』と書かれた看板を手に、廊下を歩く。

女子たちが、「ええええ――っ！」とびっくりしたような声をあげていた。

『本日一時より、急きょ!! LIP×LIPライブ開催決定!! 全員、体育館に集まれ――!!』

興奮したような放送部員の声がスピーカーから流れると、廊下が悲鳴に包まれ、教室のなかからも生徒たちが飛びだしてくる。

壁にはられたポスターの前に女の子たちが集まり、写真を撮ったりしていた。


（これ……前が見え――――ん！）

ひよりは大きすぎるパンダの頭を手で押さえる。

視界が狭すぎて、人にぶつかりそうだった。

「君、大丈夫？」

声をかけられて、「はい！」と返事する。よく見えないが、相手は男子のようだ。

「ライブの手伝いしてるの？」

「た……頼まれて」

（先輩……かなぁ？）

落ち着いた声の人だ。

相手は、「そう……」と考えこむようにもらす。

「あ、あのぉ～」

「ああ、ごめん。僕、文化祭実行委員で……ライブのことで打ち合わせしなきゃいけないんだけど……あの二人、どこにいるか知ってるかな？」

「それなら、体育館にいると思います！」

「ああ、そうか……じゃあ、いっしょにいこう。そのかっこうじゃ、歩きにくいだろう？」

「お願いします！」

ひよりはガバッと頭をさげた。

落ちそうになったパンダの頭を片手であわてて押さえると、先輩が笑う。

「大変だね。でも、よくできてるな……つくったわけじゃないよね？」

「これは、借り物で……」

ライブが決まると、内田マネージャーが必要な音響機材といっしょに届けてくれた。

「ふーん、なるほど。マスコットキャラもいいな……」

「マスコットキャラ？」

「ああ、いや。なんでもない。じゃあ、いこうか」

そう言うと、先輩はひよりの腕を引いて少し早足で歩きだした。

体育館にいくと、ライブの準備のために集められた生徒たちが、「どうすんだ、どうすんだ!?」と右往左往していた。

ステージ上では、事務所のスタッフが音響機材を設置している。

さすがに、プロのスタッフたちは手慣れたものだ。

「す、すげー……俺らの使ってるオンボロ機材とは全然違う」

「オンボロって言うなー！　センパイらの汗と涙が染みついた、年季のはいった相棒なんだよ!!」

「やれんのかよ……本当に」

軽音部の部員たちが、ギターやベースを手に、不安そうに話をしている。

本当なら、午後からは地元のバンドがライブをおこなうことになっていたのだ。

それが、急にでられなくなり、文化祭実行委員会と校長先生の説得と交渉によって、『LIP×LIP』の二人がライブをおこなうことになったらしい。

急きょ決まったライブだから、準備のために集められた生徒たちも、なにをどうすればいいのかわからないのだろう。

その様子を、愛蔵と勇次郎が『大丈夫か?』という顔で傍観している。

まだ、リハすらできていないようだ。

「ああ、いた……」

ひよりといっしょに体育館にやってきた先輩は、二人を見つけて真っ直ぐ歩いていく。

「ライブの準備を任された文化祭実行委員の前田です。よろしくお願いします。すみません、遅くなって……ちょっと、こちらも色々と立てこんでいて」

「それはいいけど……どーなってんだ、これ。なんも進んでねーけど」

愛蔵はバタバタしている生徒たちにチラッと視線をむけた。

「そうですね。じゃあ、さっさと始めましょう。時間もないですし」

あっさり答えると、前田先輩はニコッと笑みを浮かべる。


「ちょっと、集まって！」

手を叩きながら、前田先輩は生徒たちに号令をかける。

生徒たちがとまどうように集まってくると、「椅子は全部撤去で」、「外部からも人がくるから、整理券配布の告知を」、「音響と照明の手伝いは、演劇部に頼んであるから」と、テキパキと指示していく。


それから、機材を調節しているスタッフのもとにいき、相談したあとすぐに二人のところにもどってきた。

「通しリハは十分後で。いけますよね？」

前田先輩にきかれた二人は視線を交わしてから、「まあ……」と返事していた。

「じゃあ、軽音部にも話つけてきます。あっちのほうが心配だな」

前田先輩は軽音部の部員たちのところにいくと、「ちょっと、いいですか」と声をかける。

「……手慣れてんな」

「バンドでもやってるんじゃないの？」

「すごいなぁ……！」

ひよりが前田先輩の姿を目で追っていると、ポカッとパンダの頭が叩かれた。

「あれ、本来、マネージャー見習いの仕事！」

「早く、あれくらい使えるよーになって欲しいんですけど？」

二人に言われて、「はい……すみません」と首をすくめる。

（仕事できるってかっこいいなぁ……うちも、見習わんと！）

前田先輩に尊敬の眼差し（まなざし）をむけ、ひよりはギュッと手をにぎった。

♪　♥　♫　♥　♪

ライブ開始三十分前、体育館のまわりや中庭には、ライブを待つ人たちが集まっていて、みんな興奮したように話をしているところだった。

　案内の看板を手に手伝いをしていたひよりが体育館にもどると、会場の準備もほとんど整っていた。すっかりライブ会場らしくなった体育館を見まわして、「おおっ！」と瞳を輝かせる。

（前田先輩、すごい‼）


　二階の観覧席にも観客をいれるのだろう。

　照明や音響機材のおかれた機材ブースのまわりは、三角コーンとロープで仕切られていた。

（ドキドキするなぁ）

　最後の準備や確認をしている生徒やスタッフたちを見ながら、舞台袖にむかう。

　二人がいたのは音響室のそばだ。

　ステージの上では、軽音部の部員たちが最後の練習をしているところだった。

「うおおおーっ、俺ら軽音部の意地、見せたる――！」

「どへたくそとか言わさね――‼」

　そんな雄叫びが、ギターやドラムの音といっしょに聞こえてくる。

（ふ……二人になにか言われたんかな……）

勇次郎が、「あっ、きた」とひよりのほうをむいた。

「ちょーどよかった」

愛蔵に手招きされて、ひよりは「な……なに？」と不安な顔をしながら歩みよる。

「おまえさ、前にやった振り付けって覚えてる？」

「レッスン室でやった？」

「そう、それ」

勇次郎が腕を組んだままうなずいた。


「覚えとらんよ！　あれから、練習もしてないし！」

「んじゃ、もう一回、やり直しだな」

「十五分あれば、余裕でしょ」

二人は顔を見合わせて、そんな話をしている。

「あ、あの〜〜〜」

（なんの話……？）


「じゃ、始めるか」

「時間ないしね」

右と左から、二人がひよりの腕をつかむ。

ひよりは「え⁉」と、二人の顔を交互に見た。

「最後の一曲、バックダンサーよろしくー」

愛蔵がニヤッと笑う。

「えええ～～⁉」

仰天するひよりを、二人は容赦なく軽音部が練習しているステージへと引っ張っていった。

♪ ♥ ♫ ♥ ♪

心臓がバクバクして、体育館が揺れそうなほどの歓声も、盛り上がっているバンドの演奏も、二人の歌声も、耳にはいってこない。

せっかくのライブなのに、楽しむどころではなかった。

必死に覚えた振り付けを、繰り返し思い出す。

何度も歌を口ずさみながら、ひよりはその場で小さくステップを踏んだ。

パンダの頭が重くて前がよく見えないから、すぐにバランスを崩し、よろめきそうになる。

（こんなの、無茶だって〜〜〜!!）

ステージでこける自信百パーセントだ。

着ぐるみを着て、二人の後ろで同じ振り付けを踊れなんて、無茶ぶりもいいところだ。

なのに、二人が『できるだろ？』と、あたり前のように言うから、ついできるような気がして引き受けてしまった。

この曲が終われば、すぐにステージにあがらなければならない。

「きゃあ――――っ、愛蔵く――――ん！」

「勇次郎君――――!!」

観客席のほうからひときわ大きな歓声があがる。

（きょ、曲が終わった〜〜!!）

「涼海……ひより………ファイトーッ!!」

ひよりは足踏みしてから、一気に舞台への階段を駆け上がる。

ピョーンッと飛びだしたパンダのひよりに、「わああ――っ」と笑いまじりの声があがる。

「みんな、楽しんでくれた――!?」

愛蔵が片手をあげながら、マイクを手にきく。すでに前奏が始まっていた。

「楽しかった――――!!!」

そんな声が観客席から返ってくる。

「俺らも、最っ高に楽しかった。ありがとー!」

「愛蔵く――ん、かっこいい――!!」

声援に応えるように手をふりながら、愛蔵がステージを移動する。

「文化祭ライブの最後は――!」

勇次郎が軽く息を弾ませ言うと、「やだーっ、勇次郎く――ん」と声があがった。

(一、二、三、四……一、二、三、四……)

ひよりはスポットライトを浴びながら、心のなかでカウントする。

二人は目くばせし合うと、「この曲を!」と片手を観客席にむける。それが合図だった。

ひよりも後ろで二人の動きに合わせる。遅れないように必死だった。

「おおっ、あの着ぐるみ、機敏(きびん)！」

「かわいい――!!」

観客の手拍子にのせられて、踊るのが楽しくなってくる。

ピョンピョンと練習の時よりも余計に飛び跳(は)ねたり、手をふったりすると、「わ――っ」と声があがった。

（みんな、楽しんでくれてる！）

それが嬉(うれ)しくて、笑(え)みがこぼれる。最初の緊張もすっかり忘れていた。

夢中になってステップを踏んでいると、あっという間に曲が終わりに近づく。

最後にひよりがターンしてみせると、歓声といっしょに拍手(はくしゅ)が沸(わ)き起こった。

（目が……目がまわった～～!!）

少々張り切りすぎたらしい。

フラフラして後ろによろめくと、左右から伸(の)びた手に、トンッと背中を支えられる。

ようやく終わったと、ホッとしかけた時だ。

体育館のなかに、「キャアアアア――ッ！」と興奮したような悲鳴が広がった。

（な、なにかあったんかな？）

ファンサービスで、投げキッスでもしたのかもしれない。

ひよりを挟んで左右に立っている勇次郎と愛蔵は、何事もなかったような笑顔で観客席に手をふっていた。

ひよりもあわてて、いっしょになって手をふる。

二人がイタズラっぽい笑みをチラッとのぞかせたことには、気づかなかった――。

♪ ♥ ♫ ♥ ♪

後夜祭にもでられず片づけに奔走し、クタクタになりながらひよりが家に帰ったのは夜の十時すぎだった。

風呂にはいり、コンビニで買ったおにぎりで食事をすませ、ベッドに横になる。

楽しかった文化祭の余韻が覚めなくて写真を見ていたら、新着メッセージが届いた。

仲のいいクラスの女子からだ。

『この写真、かわいくない!?』

メッセージといっしょに、新聞部の号外に掲載されていた写真が送られてきた。

それを目にした瞬間、「わあああああ――っ！」と大きな声をあげて、枕もとに携帯を放りだしていた。

真っ赤になりながら、ガバッと布団をかぶる。

（いつの間に～～～!!）

ひよりは手を伸ばして携帯をとると、もう一度写真をたしかめる。

（あ……あの時だ！）

悲鳴があがった理由が、ようやくわかった。

ライブの後の二人はいつも通り、そっけない態度だったのに。


「イジワルばっか、するんだから……」

ひよりは頬を膨らませて、コロンッと横になる。

これも、二人にとってはファンサービスのうちだろう。

それに、パンダの着ぐるみにはいっていたのがひよりだとは、他のみんなは知らない。

写真を見つめて、ひよりはほんの少し目を細める。

「でも……楽しかったなぁ」


この先どんなことが起こるのだろうと、ドキドキ、ワクワクしている。

それも、二人と出会えたから。

知らなかった世界に二人は連れていってくれる。


夢のような毎日。

でも、これは夢ではない。

この先もずっと、ずっと続いていく、現実の物語。


ひよりはいつの間にか、眠(ねむ)りに落ちていた。

握(にぎ)ったままの携帯には、写真が表示されたままだ。

その写真のなかで、着ぐるみパンダの頬に、二人がイタズラっぽく笑ってキスしていた。


これは、『ノンファンタジー』――。

The end

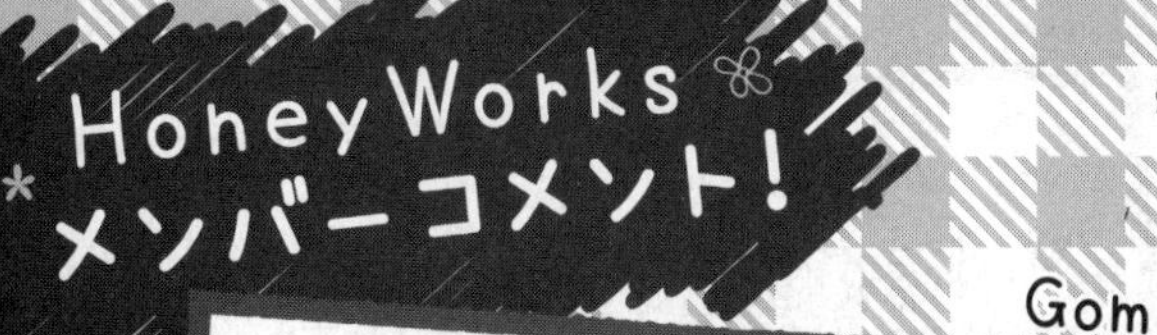

Gom

shito

ノンファンタジー小説化ありがとう!!
楽曲を聞きながら読んでもらえると
嬉しいです。

しと。

ヤマコ
『ノンファンタジー』
小説化ありがとうございます!!
アイドルとして一生懸命なLIP×LIP、そして高校生としての
愛蔵と勇次郎を、これからもよろしくお願いします!!
不安と楽しみがいっぱいの新生活の中、2人を支える
ひよりの頑張りも見守ってくださいネ!! ヤマコ
芋女…?
モゲラッタ
この衣装かっこよくて好き!!!
ノンファンタジー
祝小説発売!!
モゲラッタ

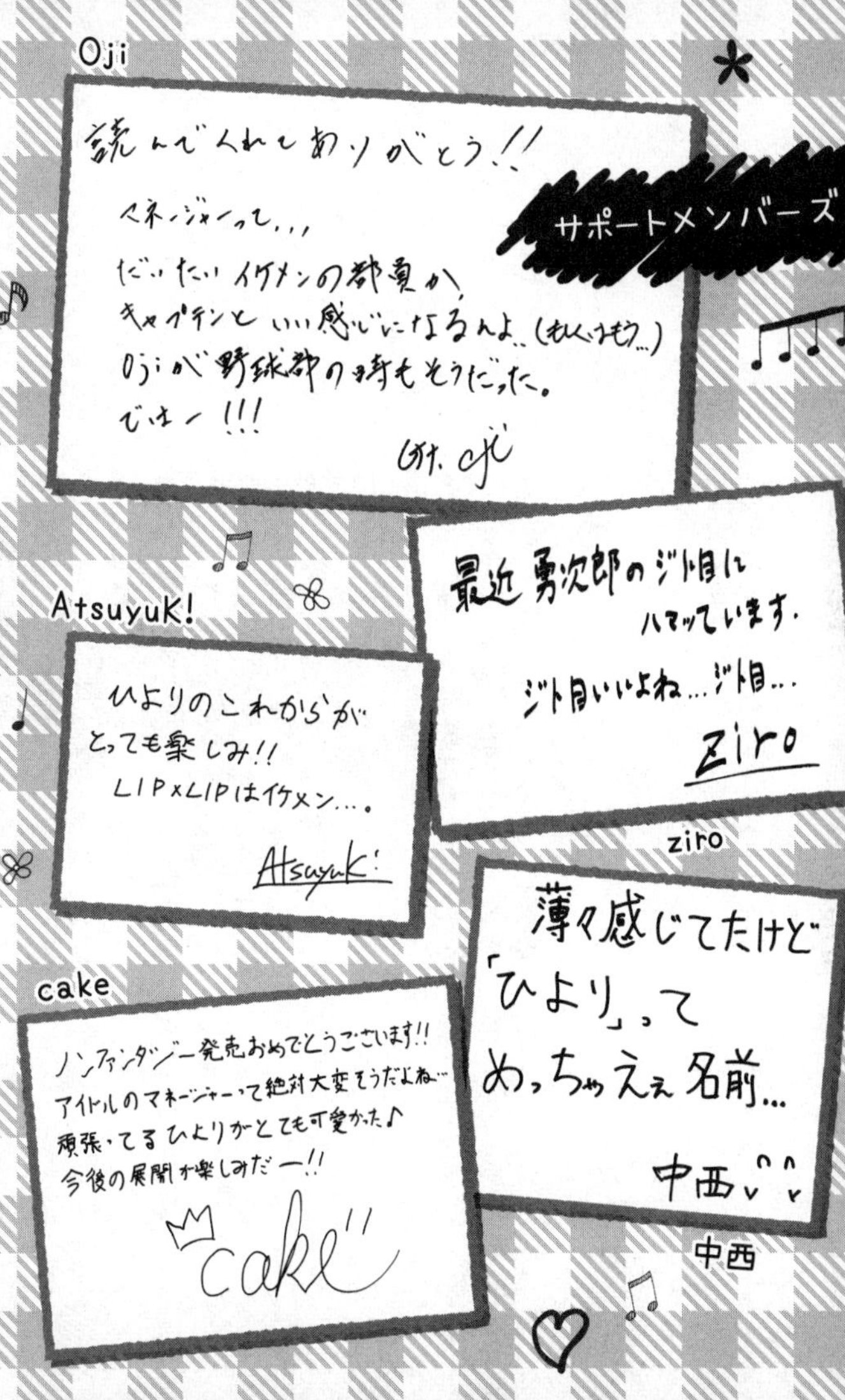
サポートメンバーズ!
Oji
読んでくれてありがとう!!
マネージャーって、、、
だいたいイケメンの部員か、
キャプテンといい感じになるんよ…(もぐもぐ…)
Ojiが野球部の時もそうだった。
ではー!!!
Atsuyuk!
ひよりのこれからが
とっても楽しみ!!
LIP×LIPはイケメン…。
Atsuyuk!
最近 勇次郎のジト目に
ハマっています.
ジト目いいよね…ジト目…
ziro
ziro
cake
ハニーワークス発売おめでとうございます!!
アイドルのマネージャーって絶対大変そうだよね…
頑張ってるひよりがとても可愛かった♪
今後の展開が楽しみだー!!
cake
薄々感じてたけど
「ひより」って
めっちゃええ名前…
中西
中西

Who's next?

「告白予行練習 ノンファンタジー」の感想をお寄せください。
おたよりのあて先
〒102-8177 東京都千代田区富士見2-13-3
株式会社KADOKAWA 角川ビーンズ文庫編集部気付
「HoneyWorks」・「香坂茉里」先生・「ヤマコ」先生・「島陰涙亜」先生
また、編集部へのご意見ご希望は、同じ住所で「ビーンズ文庫編集部」
までお寄せください。

告白予行練習(こくはくよこうれんしゅう)
ノンファンタジー

原案／HoneyWorks 著／香坂茉里(こうさかまり) 監修／バーチャルジャニーズプロジェクト

角川ビーンズ文庫 21937

令和元年12月1日 初版発行
令和3年4月10日 10版発行

発行者――――青柳昌行
発 行――――株式会社KADOKAWA
〒102-8177 東京都千代田区富士見2-13-3
電話 0570-002-301（ナビダイヤル）
印刷所――――旭印刷株式会社
製本所――――株式会社ビルディング・ブックセンター
装幀者――――micro fish

本書の無断複製(コピー、スキャン、デジタル化等)並びに無断複製物の譲渡および配信は、著作権法上での例外を除き禁じられています。また、本書を代行業者等の第三者に依頼して複製する行為は、たとえ個人や家庭内での利用であっても一切認められておりません。

●お問い合わせ
https://www.kadokawa.co.jp/ (「お問い合わせ」へお進みください)
※内容によっては、お答えできない場合があります。
※サポートは日本国内のみとさせていただきます。
※Japanese text only

ISBN978-4-04-108964-4C0193 定価はカバーに表示してあります。 ◇◇◇

©HoneyWorks 2019 ©2019 Virtual Johnny's Project Printed in Japan

角川ビーンズ文庫
スキキライ
超人気!!
キュンキュンボカロ曲制作チーム♪
HoneyWorks楽曲が
物語となって登場!!
原案/HoneyWorks
著/藤谷燈子
イラスト/ヤマコ
大好評発売中!!
illustration by Yamako
© Crypton Future Media, INC. www.piapro.net piapro

原案／HoneyWorks
著／藤谷燈子、香坂茉里
イラスト／ヤマコ、島陰涙亜
告白予行練習
シリーズ
青春系胸キュンボカロ楽曲の名手、
HoneyWorksの代表曲、続々小説化!!
好評既刊
1.告白予行練習
2.告白予行練習　ヤキモチの答え
3.告白予行練習　初恋の絵本
4.告白予行練習　今好きになる。
5.告白予行練習　恋色に咲け
6.告白予行練習　金曜日のおはよう
7.告白予行練習　ハートの主張
8.告白予行練習　イジワルな出会い
9.告白予行練習　僕が名前を呼ぶ日
10.告白予行練習　大嫌いなはずだった。
11.告白予行練習　ノンファンタジー
以下続刊

●角川ビーンズ文庫●

HoneyWorks ╳ 大人気歌い手の、
プロジェクト「Dolce（ドルチェ）」小説化!!

川ビーンズ文庫

Dolce
アイドルが恋しちゃだめですか?』

案 HoneyWorks　著 小野はるか
ラスト ヤマコ、桐谷

ループ人気 No.1 のクール系・塔上沙良。
けど本心ではアイドルでいる意味に悩んでいた。
んな時、メンバーの1人である風真のファンだと
少女が隣家に引っ越してきて!?

好評発売中!

春日坂高校
漫画研究部
あずまの章
イラスト／ヤマコ、
島陰涙亜
胸キュン小説の名手・
あずまの章
×
HoneyWorks
ヤマコが贈る
青春ラブコメ！
最新4巻、好評発売中！
①第1号 弱小文化部に幸あれ！
②第2号 夏は短しハジケヨ乙女！
③第3号 井の中のオタク、恋を知らず！
④第4号 恋愛オンチは悪魔と踊る！

●角川ビーンズ文庫●

「俺は目覚めてしまった！」厨二病をこじらせまくった男子高校生5人組――ヒーローに憧れる野田、超オタクで残念イケメンの高嶋、右腕に暗黒神（？）を宿す中村、黒幕気取りの九十九、ナルシストな歌い手の厨。彼らが繰り広げる、妄想と暴走の厨二病コメディ！

好評既刊　厨病激発ボーイ①～⑤
厨病激発ボーイ青春症候群①～⑤　以下続刊

●角川ビーンズ文庫●

40mP　イラスト／たま

高2の遥は、人には言えないキモチを書き込んだノートをなくしてしまう。それが、なぜか動画投稿サイトで人気急上昇中のボカロ曲の歌詞になっていた！　作曲したという直哉は、ユニットを組まないかと誘ってきて!?

●角川ビーンズ文庫●

ジャマしないでよ、大神くん！

再生数100万回めざして、実況中!?

大好評発売中！

リア充イケメンには要注意!?

WEB発 炎上上等(?)学園ラブコメ！

あずまの章 イラスト・夏芽もも
誰もが認める絶対的美少女——清見ヒロ子・16才。その正体は高校デビューの地味顔でチョー貧乏。お金のため、とある特技で動画を投稿したら一躍有名人に！　でもクラスの神イケメン・大神くんに“裏の顔”がバレて!?

●角川ビーンズ文庫●

それはまるで雨傘のように
約束はキミと陽だまりの教室で
Presented by
りぃ
イラスト／鈴峰あおい
可愛いですねぇ
!
別冊フレンドの人気コミック原作登場!
涙という雨から守ってくれたのは、先生でした
親友の彼氏をとった子との噂をたてられ高校に行けなくなった紗南。
家族にも本当のことを言えない中、さえない担任の都築先生から毎日メールが届き!?
「ごめん、先生。好きです」泣きキュンの感動作!

●角川ビーンズ文庫●

角川ビーンズ小説大賞

原稿募集中！

ここが「作家」の第一歩！

イラスト／伊東七つ生

賞金 大賞 100万円

優秀賞 30万円
奨励賞 20万円
読者賞 10万円

締切 3月31日

発表 9月発表（予定）

応募の詳細は角川ビーンズ文庫公式サイトで随時お知らせいたします。

https://beans.kadokawa.co.jp